Damaris Trompell

Vertraust du dir?

Kurzgeschichtensammlung von Thrillern

Inhalt

Über dieses Buch

„Lisa riss das Kalenderblatt von gestern ab und das Blatt darunter zeigte ihr das gefürchtete Datum an. Den 5. Januar. Ihr Todesdatum...“

In diesem Buch erwarten Sie 6 fesselnde Kurzgeschichten, mit teilweise tiefgründigen Blicken in die menschliche Seele. Manchmal siegt hier auch das Böse über das Gute.

In Australien läuft eine Backpackerin einem brutalen Mörder in die Falle.

Was würdest du tun, wenn du deinen Therapeuten in seiner Praxis tot auffindest und dann feststellen musst, dass sich der Mörder noch immer in der Praxis befindet?

Am Rand eines Dorfes, lebt eine Frau, die sich in ihrem Haus verbarrikadiert – denn sie hat Angst vor dem einen Datum, an dem der Mörder ihrer restlichen Familie versuchen wird, sie zu töten.

Wenn sich eine Frau ihrem Kindheitstrauma stellt, kann dies auch mal tödlich enden.

Eine gestresste Hausfrau, betrügt ihren Ehemann mit ihrem Nachbarn, welcher unter ihr eingezogen ist und sie fortan stalkt. Doch als sie ihn bei der

Polizei meldet, behauptet diese, ihr Nachbar würde nicht existieren.

Wenn der Ehemann verstirbt, ist dies ein furchtbares Erlebnis, das jeder anders verarbeitet. Die Frau in unserer letzten Geschichte sieht ihren frisch verstorbenen Ehemann noch immer. Sie sieht in jedes Mal, wenn ein Mensch stirbt. Sie denkt, die einzige Möglichkeit, ihren Ehemann zu sehen, ist, wenn sie tötet—und das stellt sie vor eine sehr schwierige Entscheidung.

Umschlaggestaltung, Illustration: Damaris Trompell
Lektorat, Korrektorat: Lektorat Garrett, Tegernsee-
weg 13, 95445 Bayreuth
Weitere Mitwirkende: Ramon Gatterfeld, Janik Trompell

Bibliografische Information der Deutschen Nationalbibliothek:
Die Deutsche Nationalbibliothek verzeichnet diese
Publikation in der Deutschen Nationalbibliografie;
detaillierte bibliografische Daten sind im Internet
über http://dnb.d-nb.de abrufbar.

Herstellung und Verlag: BoD – Books on Demand,
Norderstedt

ISBN: 9783744831284

Auge um Auge

„Fuck you", zischte Markus mit letzter Kraft, in einem Versuch die ganze Tortur noch mit etwas Würde durchzustehen. Obwohl es dafür inzwischen schon zu spät war. Die Geräusche und Bilder verschwammen immer mehr, während ihm das Blut über das Gesicht und die Schenkel lief. Er hing in den Seilen, die ihn an den Stuhl fesselten und versuchte die Schmerzen auszublenden, die ihn quälten. Ziemlich erfolglos. Er spürte, wie das Skalpell ein letztes Mal angesetzt wurde und er spürte neue Schmerzen an einer weiteren Stelle. Er konnte allerdings nicht mehr sagen wo. Sein Körper schien ihm gar nicht mehr richtig zu gehören. Er wollte weinen und um Vergebung betteln, doch diese Genugtuung würde er seinem Peiniger nicht geben. Dass er noch eine Chance hatte, zu überleben, dachte er schon längst nicht mehr. Er schloss die Augen und versuchte die Qualen auszublenden, ins helle Licht zu gehen und alles hinter sich zu lassen. Hatte er das hier verdient? Nein, dieser Meinung war er nicht. Aber in seinem nächsten Leben würde er sich dafür rächen.

„Hi, wie geht's?", begrüßte Samantha ihre vorübergehenden Mitbewohner auf Englisch und machte es sich auf ihrem Hostelbett gemütlich.
„Ich bin Corinna", sagte die Frau mit dem Kurzhaarschnitt, die Samantha auf den ersten Blick nicht als Frau identifiziert hätte und welche auf dem Bett ihr

gegenüber lag.

„Samantha", stellte auch Samantha sich vor.

„Und das ist Tom." Corinna deutete auf den dunkelhäutigen Jungen, der gerade hektisch in seinem Backpacker Rucksack kramte.

„Ja, sorry", mischte er sich ein. „Ich finde nur mein scheiß Handy nicht."

„Kein Problem", beruhigte Samantha ihn. „Und woher kommt ihr so?", fragte sie, während sie ihren Rucksack abstellte und es sich auf ihrem Bett gemütlich machte.

„Ich komme aus Deutschland, Tom ist aus Frankreich. Und du bist auch Deutsche oder?"

Samantha musste lachen. „Merkt man das so an meinem Akzent?"

„Ein bisschen schon", gestand Corinna. „Reist du alleine?", fragte sie dann und Samantha nickte. Sie wusste, was die Leute dachten. Sie wusste, dass es ihr niemand zutraute, so eine Reise alleine zu machen. Aber sie konnte ziemlich gut auf sich selbst aufpassen.

„Da ist es", rief Tom triumphierend und lies sich auf sein Bett sinken. „Lass uns mal direkt Nummern austauschen. Ich habe gerne viele Kontakte in der Nähe. Ist einfach sicherer."

Samantha und Corinna grinsten sich an. Es war offensichtlich, warum Tom Samanthas Nummer haben wollte. Sie war das gewohnt. Überall wo sie hin kam, wurde sie angestarrt und sie genoss es.

„Klar", antwortete Samantha und speicherte ihre Nummer in Toms Handy ein. Bei jedem tat sie das nicht, aber Tom war wirklich ganz süß.

Gedankenverloren starrte Samantha aus dem Fenster. Das Outback von Australien. Wie lange hatte sie darauf gewartet. Stimmen drangen von draußen durch das leicht geöffnete Fenster in das schlichte Hostelzimmer.

„Wie lang bleibt ihr hier?", fragte Samantha dann in den Raum, doch Tom war schon wieder mit seinem Handy beschäftigt.

„Nicht lange. Ich bin seit zwei Tagen hier und fahre morgen weiter", antwortete Corinna.

Dann lachte sie plötzlich und zog ein Buch aus Samanthas Rucksack. „Ich habe genau das Gleiche", meinte sie.

„Witzig", stimmte Samantha ihr halbherzig zu. Es war schließlich nur ein Tagebuch. Vermutlich hatten Millionen Menschen Tagebücher mit dem gleichen Design.

„Habt ihr schon gehört, dass gestern ein toter Mann gefunden wurde, mit abgeschnittenen Ohren, Nase und Genitalien? Er ist verblutet. In Adelaide", warf Tom plötzlich ein.

Einen Moment lang herrschte Schweigen im Raum.

„Vor einer Woche wurde in Sydney auch ein Mann verletzt und fast verhungert in einem Keller gefunden. Da bekommt man richtig Angst, wenn das öfter passiert und dann auch noch in der Nähe", erzählte Samantha.

„Ja, aber es erwischt nicht nur Backpacker, sondern auch Einheimische. Also sind wir schon mal nicht die einzige Zielgruppe", erzählte Tom, der immer noch in sein Handy vertieft war.

„Naja, das macht die Sache nicht besser", sagte Samantha, „Es gibt für sowas ja auch immer keinen richtigen Grund. Das ist nur Pech, wenn man an so einen Psychopaten gerät"

„Naja." Tom sah plötzlich von seinem Handy auf und hatte einen zweifelnden Gesichtsausdruck.

„Ich weiß nicht, ob ihr davon gehört habt, aber das ist der Typ, der vor ein paar Monaten seinem Hund die Nase, die Ohren und die Genitalien abgeschnitten hat. Der Hund hat es überlebt."

„Echt?" Geschockt sahen Corinna und Samantha ihn an.

„Meinst du, da gibt es einen Zusammenhang?", mischte auch Corinna sich jetzt ein, die Samanthas geschockten Gesichtsausdruck ganz gut widerzuspiegeln schien.

„Die Polizei sagt, sie kann es nicht ausschließen. Ich meine, ist ja schon ziemlich auffällig", sagte Tom.

„Ich weiß nicht. Irgendwie ist das doch auch gerecht."

„Wie bitte?", fragte Samantha entsetzt.

„Jemand, der einem Tier so etwas antut und dafür mit einer Geldstrafe davonkommt, lernt doch daraus nichts. Ich finde, der hat das verdient."

„Ist das dein ernst? Das ist schon ziemlich krass", stellte Corinna sich auf Samanthas Seite.

„Es ist doch was ganz anderes, ob du sowas einem Menschen oder einem Tier antust", behauptete Samantha.

„Wieso?", fragte Tom kühl.

„Wieso? Allein die Frage ist doch schon bescheuert", brachte Corinna wütend hervor.

„Kannst du mir einen Grund nennen, warum ein

Menschenleben mehr wert ist? Wenn nicht, denk mal darüber nach." Tom blieb immer noch ganz ruhig und sah beide Frauen erwartungsvoll an. Samantha sagte dazu nichts mehr. Was sollte man dazu auch noch sagen?

„Ich glaube, ich geh' jetzt lieber. Denkt wirklich mal darüber nach, was wir eigentlich den Tieren alles antun, was mehr als ungerecht ist", sagte Tom, schnappte seinen Rucksack und verließ das Zimmer.

„Der Typ regt mich echt auf", beschwerte Samantha sich bei Corinna.

„Ja manchmal kommt er mir auch ein bisschen psycho vor", stimmte Corinna ihr zu und fuhr sich durch ihre kurzen Haare.

„Nicht nur ein bisschen. Mich würde es nicht wundern, wenn er der Killer ist", spottete Samantha. Corinna lachte darüber.

„Ich glaube, ich frage mal nach einem anderen Zimmer. Irgendwie habe ich keine Lust, heute Nacht mit ihm in einem Zimmer zu schlafen"

„Ach Quatsch", versuchte Corinna Samantha zu beruhigen. „Der ist bestimmt kein Psychopath."

„Na, ich weiß nicht", zweifelte Samantha. „So wie er geredet hat. Von wegen, der Typ hätte es verdient, was ihm angetan wurde. Ich meine, natürlich ist das scheiße, was er seinem Hund angetan hat, aber das rechtfertigt doch nicht, dass ihm dasselbe angetan wird. Ich habe als Kind auch mal Scheiße gemacht, die ich heute bereue."

„Achja?" Corinna lehnte sich interessiert nach vorne.

„Ja, als Kind habe ich aus Versehen mal meine Katze mit Spülmittel vergiftet."

„Ich hab' sogar was noch Schlimmeres gemacht", gestand Corinna.

„Was denn?", fragte Samantha auffordernd und formte ihre Lippen zu einem Lächeln, von dem sie wusste, dass es unwiderstehlich war.

„Ich weiß nicht. Ist schon ziemlich heftig. Du darfst mich deswegen nicht verurteilen", zierte Corinna sich.

„Mach ich nicht", versprach Samantha.

„Als Kind habe ich mit meinen Brüdern mal eine Maus angezündet", gestand Corinna.

„Wow. Das ist krass", stellte Samantha nach einer Weile fest.

„Ich weiß. Das war die Idee von meinem Bruder. Es hat ihn interessiert" Corinna lachte.

„Ich weiß, das klingt extrem psycho. Aber er ist auch auf dem Weg, Wissenschaftler zu werden und die sind ja meistens ein bisschen gestört"

„Also hat es eigentlich dein Bruder gemacht und nicht du?", fragte Samantha nach.

„Naja nein. Er hat mich dazu aufgefordert, aber ich hab' es gemacht"

„Ich würde ja nach noch mehr Details fragen. Aber eigentlich will ich es gar nicht so genau wissen."

„Ich weiß, das war eine scheiß Aktion. Wir waren halt Kinder. Damals war mir noch nicht so bewusst, wie qualvoll das für die Maus sein muss", versuchte Corinna sich zu entschuldigen.

„Ja, als Kind macht man ziemlich viel Scheiße",

stimmte Samantha ihr zu.

„Um mal das Thema zu wechseln, hast du Lust einen Kaffee trinken zu gehen?", fragte Corinna.

„Klar", antwortete Samantha.

„Nein warte", rief sie plötzlich und kramte in ihrer Tasche herum. Schließlich zog sie eine Thermoskanne raus. „Ich hab' eine bessere Idee. Ich koche uns einen Kaffee und dann fahren wir mit meinem Auto etwas raus aus der Stadt. Dann bekommen wir mal so ein richtiges Outback-Feeling!"

„Ja, besser", stimmte Corinna begeistert zu.

„Gut!" Samantha sprang euphorisch vom Bett auf. „Dann mache ich uns schnell einen Kaffee. Als armer Backpacker muss man ja immer gucken, wo man sparen kann."

„Vielleicht war das doch nicht so eine gute Idee", murmelte Corinna, als sie schon eine Weile die Stadt verlassen hatten. „Ich muss immer an diesen Killer aus Adelaide denken. Und auch an das, was vor einer Woche in Sydney passiert ist. Meinst du, wir sollten echt alleine so weit rausfahren?"

„Ich weiß nicht", fing Samantha jetzt auch an zu zweifeln. „Du warst doch so begeistert von der Idee."

„Ich weiß", seufzte Corinna. Aber wenn ich jetzt nochmal darüber nachdenke, bin ich mir nicht mehr so sicher."

„Naja, wenn du willst können wir hier anhalten. Die Sonne geht gleich unter und dann trinken wir einen Kaffee im Auto und sehen die Sonne untergehen.

Solange wir im Auto bleiben, sind wir sicher", schlug Samantha vor.

Corinna nickte und Samantha trat auf die Bremse. Beide betrachteten den Himmel, der sich langsam orange färbte.

„Gibst du mir einen Kaffee?", fragte Corinna.

„Klar", Samantha kramte ihre Thermoskanne raus und goss Corinna eine Tasse ein.

„Danke", sagte sie und kippte in einem Zug die halbe Tasse runter.

„Wow", staunte Samantha und lachte.

„Ich hab eine Kaffeesucht", gestand Corinna ebenfalls lachend.

Plötzlich klingelte Samanthas Handy. „Es ist Tom", murmelte sie.

„Geh nicht ran. Der ist gestört."

Samantha nahm das Gespräch trotzdem an. „Aber sag ihm nicht, wo wir sind", zischte Corinna.

„Oh mein Gott, Samantha!" Tom klang erleichtert.

„Was ist denn?", fragte Samantha etwas ruppig. „Du glaubst nicht, was ich gerade gefunden hab'. Das Tagebuch von Corinna. Es lag auf ihrem Bett. Sie ist eine Mörderin. Sie hat dem Typen die Nase, die Ohren und die Genitalien abgeschnitten und sie ist auch für den Mann in Sydney verantwortlich. Ich werde jetzt sofort zur Polizei gehen. Ich hoffe du bist gerade nicht bei ihr. Wenn doch, hau ab!" Den letzten Satz schrie er schon fast ins Handy.

„Was?", antwortete Samantha wie betäubt. „Warte, mach das noch nicht. Ich komme erstmal ins Hostel und wir sehen uns das gemeinsam an. Das kann ich mir nicht vorstellen."

„Es ist wahr. Die Psychoschlampe hat das Tagebuch sogar mit Bildern von ihren Opfern versehen. Sie ist auch für den fast verhungerten Typen aus Sydney verantwortlich. Der hat nämlich damals seine Katze auch fast verhungern lassen."

„Ich komme ins Hostel zurück. Warte auf mich", murmelte Samantha. Scheiße, dachte sie, nachdem sie aufgelegt hatte. Jetzt musste sie schnell sein. Wie hatte das nur passieren können? Wie hatte sie nur so leichtsinnig sein können? Corinna hatte den Kaffee komplett geleert und sich schon einen zweiten eingegossen. Was hatte Samantha für ein Glück, dass Corinna so kaffeesüchtig war. Samantha lehnte sich im Sitz zurück und starrte den Sonnenuntergang an, bis Corinna neben ihr im Sitz zusammensackte. Gut, dass Corinna Samanthas Tagebuch auf ihrem eigenen Bett liegen gelassen hatte.

„Was ist hier los?", nuschelte Corinna, nachdem sie wieder zu sich gekommen war. Sie lag auf dem Boden im Sand und konnte sich nicht bewegen. Ihre Hände waren auf den Rücken und ihre Beine aneinander gefesselt. Ihre Haare und die Klamotten fühlten sich durchnässt an. Corinna versuchte aufzustehen, aber es gelang ihr nicht.

„Liegen bleiben", sagte Samantha mit entspannter Stimme. „Ich hab' extra auf dich gewartet. Ich wollte ja nicht, dass du deinen Tod verschläfst." Samantha grinste Corinna an. Für einen kurzen Moment hoffte sie, dass das ein dummer Scherz war. Dass Samantha sie gleich wieder losmachen und sie beide darüber lachen würden. Doch als sie in das gestört grinsende Gesicht von Samantha sah, wurde ihr bewusst, dass das nicht der Fall war.

Corinna wollte etwas sagen, aber sie konnte nicht. Sie konnte keinen Ton von sich geben. Wie betäubt lag sie auf dem Sandboden und versuchte noch immer zu begreifen, wie sie in diese Lage hatte kommen können.

„Wollen wir dann anfangen?", fragte Samantha mit ihrer glockenklaren Stimme

„Womit?", stöhnte Corinna.

„Mit der Rache für die süße kleine Maus, die du in Brand gesteckt hast." Samantha lächelte süffisant und Corinna stockte der Atem. Jetzt wurde ihr auch bewusst, warum sie so durchnässt war. Samantha hatte sie mit Benzin begossen.

„Da war ich ein Kind", schrie Corinna in ihrer Panik. „Und ich bereue es. Es tut mir leid, was ich damals getan habe!"

„Oh! Hast du gehört, liebe Maus? Es tut ihr leid!", schrie Samantha höhnisch in den Himmel. „Wollen wir ihr verzeihen?"

Corinna wartete stocksteif auf Samanthas Entscheidung, obwohl eigentlich klar war, wie diese ausfiel, doch Corinna wollte das noch nicht wahrhaben. Sie weigerte sich zu glauben, was gleich passieren würde.

„Ich denke, die Maus und ich verzeihen dir nicht", stellte Samantha klar und zog eine Streichholzschachtel aus ihrer Hosentasche.

Corinnas Herz pochte wie verrückt, als Samantha eins der Streichhölzer entzündete.

„Was soll das?", schrie Corinna und versuchte sich aufzurichten. Doch Samantha ließ sie nicht aufstehen.

„Ich werde so etwas niemals wieder machen, weil ich es zutiefst bereue. Du musst mich nicht umbringen", versuchte Corinna Samantha zu überzeugen.

„Doch muss ich. Du verdienst es", stellte Samantha klar und ließ das Streichholz fallen.

Die Therapie

Langsam drückte ich die kalte Klinke der Eingangstür zum Büro meines Psychotherapeuten herunter und trat durch die rustikale Eingangstür.

Fast erwartete ich es, die blonde Amelia am Empfangstresen sitzen zu sehen. Sie gehörte für mich einfach zum Inventar mit ihrem freundlichen Lächeln und dem super Körper. Mein Herz schlug jedes Mal ein bisschen schneller, wenn ich ihr freundliches Lächeln sah, doch ich hatte nie versucht, sie zu einem Treffen einzuladen. Ein hübsches Mädchen wie sie, verabredete sich nicht mit Typen, die regelmäßig einen Therapeuten aufsuchten. An diesem Tag blieb der Empfang leer.

Es war Samstag und Amelia hatte frei. Da mein letztes Treffen mit Herrn Meier hatte ausfallen müssen, haben wir einen Ersatztermin für diesen Samstag verabredet. Ich schlich an dem leeren Empfang vorbei und ging direkt zum Besprechungsraum, in dem ich immer mit Herrn Meier saß. Doch auch der große Raum mit der gemütlichen Couch war leer. Ich sah mich um und rief nach meinem Therapeuten. Niemand antwortete. Ich ging zur nächsten Tür und las das angebrachte Schild. Herr Meier, stand dort nur. Ich versuchte die Tür zu öffnen, doch sie war verschlossen. Ich klopfte und rief nach Herrn Meier, doch wieder antwortete niemand. In meiner Verzweiflung warf ich einen Blick durch das Schlüsselloch und erkannte nach Kurzem etwas, was mein Herz stocken ließ. Blut, das über einen Arm floss, der auf dem Boden lag. Ich erstarrte in meiner Position und versuchte angestrengt mehr zu erkennen, doch es gelang mir nicht. Ich richtete mich wieder auf und überlegte eine Sekunde lang, was ich tun sollte, dann rammte ich mit Anlauf gegen die verschlossene Tür. Es war eine einfache Holztür, die ich mit meiner Körperkraft öffnen können sollte. Beim zweiten Versuch gelang es mir dann auch. Krachend öffnete sich die Tür und ich stolperte ins Zimmer, direkt in die Blutlache. Ich stieß einen erschrockenen Schrei aus und schreckte zurück. Mein Therapeut lag auf dem Boden und hatte eine tiefe Stichwunde im Herz, aus der frisches Blut floss, welches vom Teppich aufgesaugt wurde.

„Herr Meier", krächzte ich, doch ich konnte keine Regung wahrnehmen. Seine Augen waren weit aufgerissen und starrten an die Decke.

Ich konnte es kaum ertragen, den glatzköpfigen, vertrauenswürdigen Mann, dem ich mein ganzes Leben anvertraut hatte, so zu sehen.

Langsam bückte ich mich und versuchte den Puls meines Psychiaters zu finden. Eine wahrscheinlich ziemlich sinnlose Aktion, doch ich konnte einfach nicht glauben, dass er tot sein sollte.

Plötzlich hörte ich ein paar Türen weiter ein leises Rumpeln. Ruckartig sprang ich wieder auf die Füße und blieb dann stocksteif stehen.

Der Täter ist noch hier, schoss es mir durch den Kopf. Ich sah mich im Raum um, doch ich konnte nichts entdecken, was mir als Waffe dienen könnte. Das

Messer, mit dem der Täter Herrn Meier erstochen haben musste, hat er offensichtlich wieder eingesteckt, denn ich konnte es nirgendwo entdecken. Leise schlich ich hinter den Schreibtisch und zog möglichst lautlos jede der Schubladen auf. Das war eigentlich ziemlich sinnfrei, denn wenn der Täter tatsächlich noch hier war, hatte er wohl längst mitbekommen, dass ich die Praxis betreten habe.

Spätestens dann, als ich nach Herrn Meier rief. Trotzdem versuchte ich mich geräuschlos zu bewegen. Ich konnte nur eine Schere in einer der Schubladen finden, die ich sofort an mich nahm. Es war eine große, relativ stumpfe Schere. Es graute mich jetzt schon davor, mit dieser Schere tatsächlich auf einen Menschen einzustechen. Dennoch nahm ich sie an mich. Sie gab mir ein Gefühl der Sicherheit. Dann hob ich den Hörer des Bürotelefons ab und gab die Nummer der Polizei ein. Als sich eine freundliche Frauenstimme meldete, flüsterte ich in den Telefonhörer und schilderte der Dame die Situation. Ich sagte auch, dass ich ein Geräusch gehört habe und nicht sicher sei, ob sich der Täter noch in der Praxis befindet. Die Dame versicherte mir, dass ein Einsatzwagen sofort vor Ort sein würde. Meinen Namen verschwieg ich. Nachdem ich aufgelegt hatte, atmete ich einmal tief durch und warf einen Blick aus dem Büroraum. Ich konnte hier nicht bleiben und auf die Polizei warten. Mit diesem Mordfall wollte ich nicht in Verbindung gebracht werden. Ich wäre doch direkt der erste Verdächtige. Ich hatte genug Krimis gesehen, um zu wissen, dass derjenige, der die Leiche fand und die Polizei verständigte, oft trotzdem unter Verdacht stand. Und ich hatte schon genug Vorstrafen. Jetzt auch noch mit einem Mord in Verbindung gebracht zu werden, wäre nicht gerade hilfreich.

Ich konnte niemanden auf dem Flur der Praxis entdecken, also wollte ich gerade zur Tür huschen, da öffnete diese sich plötzlich. Erschrocken zog ich mich in den Büroraum zurück.

„Papa", hörte ich eine süße Frauenstimme. Ich würde diese Stimme überall erkennen. Mary. Die Tochter meines Therapeuten. Mein Herz schlug immer noch für sie, auch wenn ich mich nach anderen Frauen umsah. Mary würde ich nie vergessen. Sie jedoch hatte mich nie auch nur in die Nähe ihres Herzen gelassen. Ich seufzte leise. Wenn Mary mich hier sah, wäre ich doch sofort auch ihr erster Verdächtiger. Der Psycho, der sie angeblich gestalkt hätte. Ich hörte wie Mary die Tür zum Behandlungsraum öffnete und schweigend wieder schloss.

Endlich löste ich mich aus meiner Starre und verließ das kleine Büro, um Mary abzufangen, bevor sie ihren toten Vater entdeckte.

Sie blieb ruckartig stehen, als ich vor ihr auftauchte und funkelte mich mit ihrem üblichen bösen Blick an, während sie ihre braunen Haare hinter das Ohr strich.

„Marc", sagte sie kühl und etwas überrascht.

„Hi", ich lächelte schüchtern.

„Du bist also die Samstagsverabredung, die mein Vater heute hatte."

Ich nickte stumm. Was sollte ich nur sagen?

„Wo ist er?", fragte sie.

Ich starrte sie weiter stumm an. Ich liebte es, wenn sich ihre Augenbrauen wütend zusammenzogen. Für einen Moment lenkte es mich von der schrecklichen Realität ab, doch dann erinnerte ich mich wieder, was sie gleich erfahren würde. Mir fiel auf, dass sie unauffällig etwas aus ihrer Tasche zog. Ich sah genauer hin und bemerkte, dass es ein pinker Elektroschocker war.

Das fühlte sich an, wie ein Schlag in die Magengrube und ich hatte noch mehr Angst davor, ihr zu sagen, was passiert war. Was, wenn sie mich direkt tasern würde. Dabei hatte ich doch gar nichts verbrochen.

„Es ist was passiert", murmelte ich und ein Kloß bildete sich in meinem Hals.

„Wo ist mein Vater?", wiederholte Mary kühl.

„Im Büro", antwortete ich direkt. Sie wollte an mir vorbeilaufen, doch ich versperrte ihr den Weg.

„Ich sollte dir vorher was sagen", begann ich, doch ich hatte keine Ahnung, wie ich das Gespräch fortsetzen sollte.

Dazu bekam ich allerdings auch gar keine Gelegenheit. Wie aus dem Nichts, kam ein Fremder hinter mir hervorgeschossen und riss Mary den Elektroschocker aus der Hand. Ich sah nur noch, wie sie unkontrolliert zuckte und anschließend zu Boden glitt. Mein Herz ging schneller und ich bereitete mich darauf vor, der Nächste zu sein, doch der Mann würdigte mich keines Blicks und rannte aus der Praxis. Unfähig mich zu bewegen, blieb ich stehen wo ich war und starrte auf die bewegungslose Mary auf dem Boden. Warum hatte er mich nicht getasert, schoss es mir durch den Kopf. Ich wollte wissen, ob Mary tot oder nur bewusstlos war, aber ich konnte mich noch immer nicht bewegen. Erst die Sirenen, die durch das offene Fenster im Büro von Herrn Meyer drangen und einen Polizeiwagen ankündigten, rissen mich aus meiner Starre. Ich verlor keine Zeit und rannte aus der Praxis, die eine Treppe im Treppenhaus nach unten, und riss die Haustür auf. Der Polizeiwagen bog gerade um die Ecke. Ich stürmte aus der Haustür und setzte mich in mein Auto.

Schwer atmend blieb ich bewegungslos hinter dem Steuer sitzen und beobachtete, wie der Polizeiwagen hielt und zwei Polizisten mit gezückten Waffen in das Gebäude schlichen.

Der Täter ist eh schon weg, dachte ich und fühlte mich miserabel. Als mein Blick den Beifahrersitz streifte, blieb mein Herz stehen. Ich wollte nach dem blutverschmierten Messer greifen, das dort lag, doch dann fiel mir auf, dass ich einen pinken Elektroschocker in der Hand hielt.

Das Haus am Stadtrand

Mit einem unguten Gefühl im Bauch legte sich Lisa ins Bett. Sie würde wahrscheinlich sowieso kaum schlafen. Morgen jährte sich der Tag an dem sie und ihr Bruder zu Mördern geworden sind. Sie hatte es noch genau vor Augen, wie ihr Bruder die dunkle Straße entlang raste und sie unruhig auf dem Beifahrersitz hin und her rutschte.

„Danke, dass du mich abgeholt hast", bedankte sie sich bei André. Sie ist mit ihren Freundinnen in einem Club gewesen und er mit dem Auto bei einer Hausparty. Nachdem Lisa aus dem Club gekommen war, hatte sie einfach mal ihr Glück versucht und ihren Bruder gefragt, ob er sie zufällig abholen und nach Hause fahren könnte.

„Ich wollte eh langsam gehen."

„Hast du was getrunken?", fragte Lisa nach. André hatte sich eine Zeit lang geweigert, Alkohol zu trinken. Doch irgendwann hat er diesen Widerstand aufgegeben.

„Ein bisschen. Und du?"

„Wahrscheinlich mehr", kicherte Lisa. Sie war immer noch leicht angetrunken. Und bekifft war sie auch. Sie hatte mit ihrer Freundin noch schnell einen Joint geraucht, während sie auf André wartete.

„Hey, es ist ja schon 7 Uhr", stellte Lisa nach einem Blick auf ihr Handy fest.

„Ist dir nicht aufgefallen, dass es schon langsam hell wird?", fragte André amüsiert.

Tatsächlich war ihr das aufgefallen, aber sie hatte trotzdem angenommen, es wäre erst 4 oder 5 Uhr morgens. Obwohl sie bis gerade eben noch ziemlich fit gewesen war, überkam sie auf einmal eine schreckliche Müdigkeit. Sie schloss für einen Moment ihre Augen, weil es ihr plötzlich schwerfiel sie noch offen zu halten.

„Hey, nicht einschlafen", André stupste sie an.

Verschlafen öffnete Lisa die Augen. „Wieso? Bist du zu faul, deine kleine Schwester ins Haus zu tragen?"

„Als ob ich dich überhaupt hochbekommen würde?", scherzte André.

Lisa sah ihn gespielt entsetzt an und boxte ihm so hart sie konnte gegen die Schulter, was eigentlich nicht wirklich hart war.

Sie versuchte sich auf die Straße zu konzentrieren, um nicht wieder so müde zu werden. Da fiel ihr ein chinesischer Laden auf, der in einigen Metern entfernt auf der rechten Straßenseite. Ein plötzliches Hungergefühl überkam sie.

„Hey, wollen wir uns was zu Essen holen?", fragte sie kurzentschlossen.

Noch bevor André antworten konnte, lief vor dem Laden plötzlich etwas auf die Straße. Ein Kind. Mit einem kleinen Schulranzen. Lisa stockte der Atem, denn Andre raste noch immer mit hoher Geschwindigkeit auf den kleinen Jungen zu.

„Vorsicht!", schrie Lisa und deutete auf das Kind.

André zog das Lenkrad herum und gelangte sogar auf die Gegenspur. Kurz bevor er ganz von der Straße abkam, zog er das Lenkrad wieder herum und nach einer Weile fuhr er wieder auf der richtigen Fahrbahn. Für einen kurzen Moment sahen André und Lisa sich in die Augen. Ihre Gesichter spiegelten beide das blanke Entsetzen wider. Lisas Herz pumpte heftig und sie fühlte sich wie betäubt. Beide hatten sie es gesehen, wie das Auto den kleinen Jungen erwischt und weggeschleudert hatte, bevor André ausgewichen war. Sie drehte sich nach hinten, aber sie sah nichts außer der dunklen Straße, die sie hinter sich ließen. Sie sah wieder nach vorne. André blickte starr auf die Fahrbahn und fuhr.

Sollten wir nicht anhalten?, ging es ihr wieder und wieder durch den Kopf. Aber André schien entschlossen, das nicht zu tun. Krampfhaft umklammerte er das Lenkrad. Lisa überlegte, ob sie was sagen sollte, aber sie fühlte sich zu bekifft, um so eine ernsthafte Diskussion zu führen.

Also schwieg sie ebenfalls. Vielleicht war es ja gar nicht so schlimm. Und nach ein paar OPs konnte der Junge wieder mit seinem kleinen Schulranzen zur Schule gehen.

Als sie zu Hause ankamen, ließ Lisa sich direkt ins Bett fallen. Und als sie ein paar Stunden später wieder aufwachte, dachte sie, die ganze Sache wäre vielleicht gar nicht passiert. Doch dann klingelte die Polizei an ihrer Tür.

„Perfekt", entfuhr es Leon, als er aus dem Bus stieg und in dem kleinen Dörfchen stand, von dem er immer geträumt hatte. Er zog den Zettel mit der Adresse des kleinen Apartments in dem er nun wohnen würde heraus und versuchte den Weg zu finden. Natürlich konnte das in diesem kleinen Dorf nicht lange dauern. Als Stadtkind war das hier eine extreme Veränderung für ihn, aber genau das hatte er auch gebraucht. Nachdem er durch seine Spielsucht in den Schulden versunken war, hatte er eine Therapie begonnen und erfolgreich abgeschlossen. Nun wollte er weg von dem Stress der Stadt, raus auf das Land. Dort wartete die Inspiration auf ihn. Hier würde er sein Buch fertig stellen und zurück ins Leben finden. Wahrscheinlich gab es hier noch nicht mal ein Spielkasino. Natürlich musste er noch immer seine Schulden abbezahlen. Dafür hätte er bereits zwei Jobs angenommen. Aber das würde ihn nicht am Schreiben hindern. Ihm fehlte nur noch die richtige Inspiration. Er war sich sicher, dass er sie hier finden würde.

Als die Seile gelöst wurden, sank sie zu Boden und zog Lisa an der Hand mit nach unten. Ihr lebloser Körper landete im Schnee und Lisa kniete neben ihr. Sie riss sich und ihrer Mutter die Augenbinden runter. Blut trat aus den Wunden und färbte die Klamotten ihrer Mutter rot. Auch der frische Schnee verfärbte sich langsam. Lisa ließ ihre Hand nicht los. Das konnte sie einfach nicht. Ein metallischer und leicht süßlicher Geruch lag in der Luft. Tränen liefen über ihr Gesicht und sie konnte ihre Finger vor Kälte kaum bewegen, doch das nahm sie gar nicht wahr. Ihr Blick blieb auf dem leblosen Körper unter ihr hängen. Ihre Mutter sah sie mit ihren starren Augen an und Lisa erwiderte den Blick. Vor ein paar Sekunden noch hatte dieser Körper eine Seele beherbergt, doch nun war er nur noch eine leere Hülle. Und das war Lisas Schuld. Sie hätte das verdient, doch ihre Mutter hatte sich geopfert, damit Lisa die Chance hatte weiterzuleben. Obwohl sie so viele Fehler gemacht hatte und ihre Mutter der beste Mensch war, den sie kannte, hatte ihre Mutter für ihre Fehler bezahlen müssen.

„Harter Tag, was?", bemerkte Mike.
Leon lehnte sich im Sitz zurück und seufzte als Antwort. Seine Füße schmerzten, seine Beine waren erschöpft und er konnte seine Augen kaum noch offenhalten. Sein erster Tag auf dem Bau war definitiv anstrengend gewesen, aber er wurde ganz gut bezahlt. Ohne abgeschlossene Ausbildung gab es nicht besonders viele gut bezahlte Jobs, also konnte er nicht wählerisch sein. Und die Kollegen waren auch nett. Mike hatte sogar angeboten, ihn nach Hause zu fahren. Doch um einen Zweitjob kam Leon nicht herum, wenn er seine Miete bezahlen wollte.
Deshalb arbeitete er zusätzlich bei einem Lieferdienst. Er starrte aus dem Fenster und beobachtete die vorbeiziehenden Bäume am Straßenrand. Da fiel ihm plötzlich ein Haus auf, welches ein ganzes Stück abseits der Straße stand und vom Design her eher wie ein Bunker aussah. Alle Fenster waren durch Fensterläden aus Metall verriegelt. Und ein hoher

Stacheldrahtzaun umzäunte das Gebäude großzügig. „Wer wohnt denn da?", fragte Leon und deutete auf das Bunkerhaus.

„Ach", Mike winkte nach einem kurzen Blick auf das Haus ab. „Eine Verrückte."

„Ach ja?" Damit hatte er Leons Interesse geweckt.

„Ja, die kam vor fast einem Jahr hierher und hat dieses abgelegene Haus gekauft und den Zaun hochgezogen. Angeblich hat sie tausend Überwachungskameras und Sicherheitsschlösser installieren lassen. Ich hab' auch noch nie gesehen, dass die Fensterläden mal nicht geschlossen waren. Wenn ich der Frau nicht ab und zu mal im Dorf begegnen würde, würde ich denken, dort wohnt gar keiner."

Mike war schon eine Weile an dem Haus vorbeigefahren, doch Leon sah es immer noch vor sich.

„Vor was hat sie denn solche Angst?", sprach er seine Gedanken aus.

Mike zuckte die Schultern. „Wahrscheinlich ist sie einfach nur durchgeknallt."

„Hast du schon mal mit ihr geredet?" Leons Interesse an der unheimlichen Frau war geweckt. Er wollte wissen, was einen Menschen dazu brachte, sich so einzuschließen.

„Nein. Ich sehe sie manchmal im Supermarkt. Nicht oft, aber manchmal verlässt sie tatsächlich ihren Bunker. Wenn man sie anspricht und mit ihr redet, wirkt sie relativ normal, aber sie lässt sich nie lange auf ein Gespräch ein und verschwindet schnell wieder nach Hause. Das erzählt man sich zumindest. Ich hab' noch nie mit ihr geredet. Verrückte Tussen sind nichts für mich."

Leon musste unwillkürlich grinsen. Deshalb war er in dieses kleine Dorf gezogen. Jeder kannte jeden und über jeden wurde getratscht und Gerüchte verbreitet. Es gab ihm das Gefühl, als wäre er Teil einer großen Familie.

„Ich würde mich ja gerne mal mit ihr unterhalten." Mike lachte. „Sie ist auf jeden Fall heiß. Aber du solltest dich nicht mit ihr einlassen. Ich wette, sie ist schizophren."

„Arbeitet sie denn eigentlich gar nicht?", erkundigte Leon sich weiter.

„Nee", antwortete Mike. „Die hat angeblich viel Kohle geerbt. Wer weiß, vielleicht hat sie ja auch ihre ganze Familie abgemurkst, um an das Geld ranzukommen. Von denen lebt nämlich keiner mehr."

„Keiner?"

Mike schüttelte den Kopf. „Bruder ist vom Dach eines Hochhauses gefallen, der Vater ist überfahren worden und die Mutter wurde erschossen. Das passierte alles innerhalb von etwa einem Jahr. Und es wurde nie ein Täter gefasst."

Leon schauderte. „Woher weißt du das?"

„Ein Kumpel von mir arbeitet bei der Polizei und hat die mal durchchecken lassen, als die das Haus gekauft hat."

„Denkst du wirklich sie hat damit was zu tun?", fragte Leon. So viele unnatürliche Todesfälle in so kurzer Zeit, in einer Familie. Das war definitiv unheimlich. Vielleicht war sie genau die Person, die er gesucht hatte.

Mike zuckte nur die Schultern. „Auf jeden Fall war

sie anwesend, als ihre Mutter erschossen wurde und hat sich nie dazu geäußert. Sie wurde aber auch nicht angeklagt, weil es keine Beweise gegen sie gab. Wo kann ich dich rauslassen?"

Leon sah sich um und ihm fiel auf, dass sie inzwischen schon das kleine Dorf, in dem er jetzt wohnte, erreicht hatten.

„Lass mich beim China Palace raus. Ich liefere heute noch für die aus."

Lisa riss das Kalenderblatt von gestern ab und das Blatt darunter zeigte ihr das gefürchtete Datum an. Den 5. Januar. Es wird nichts passieren, sagte sie zu sich selber.

Sie war weit weggereist und hatte ein neues Leben begonnen. Sie war gut abgeschottet. Genau wie ihre Mutter es ihr geraten hatte. Sie würde diesen Tag überleben und dann hoffentlich nie wieder Angst um ihr Leben haben müssen. Der Tod ihrer Mutter spukte ihr durch den Kopf. Der Killer hatte ihrer Mutter eine Wahl gelassen. Sie sollte entscheiden, ob er Lisa töten und sie am Leben lassen sollte oder sie töten und Lisa ein weiteres Jahr geben sollte. Beide hatten Augenbinden getragen, sodass Lisa bis heute nicht wusste, wer das Arschloch war. Vielleicht würde sie es heute erfahren.

Sie erschrak, als die Türklingel ging. Noch nie hatte jemand bei ihr geklingelt, seit sie in diesem Haus lebte. Sie hatte sich bewusst abgeschottet, keine Freundschaften geschlossen und niemandem vertraut. Dass gerade heute jemand an ihrer Tür klingelte, versetzte sie in Panik. Wer konnte das sein? Langsam schlich sie zur Tür und sah durch den Türspion. Niemand stand dort. Er hat mich gefunden, dachte sie. Sie hatte gehofft, es würde nicht dazu kommen, aber es war wohl so weit. Jetzt, wo er sie gefunden hatte, musste sie ihn bekämpfen, damit es wirklich vorbei sein würde.

Wenigstens war sie gut verbarrikadiert, sodass er sich nicht in ihr Haus schleichen konnte. Er kam nur dort herein, wo sie es ihm erlaubte. Lisa schnappte sich das Messer, welches sie immer auf dem kleinen Beistelltisch neben der Tür liegen hatte und fing an die Tür zu entriegeln. Sie schloss die beiden schweren Metallriegel auf, welche die Tür blockierten, zog die Kette zurück und schloss das Schloss auf. Schließlich konnte sie die Tür vorsichtig öffnen, das Messer bereitgehalten.

Sie öffnete die Tür nur einen Spalt breit. Niemand war dort. Außer dem chinesischen Essen, das auf dem Boden vor ihrer Tür stand und welches sie nicht bestellt hatte. Ihr Herz schlug schneller. Es ging los. Er wollte sein Spiel beenden. Rasch schnappte Lisa sich das Essen und schlug die Tür zu. Sie verriegelte wieder alles und zog sich in ihre Küche zurück. Das Essen ließ sie auf den Küchentisch fallen und starrte darauf, als wäre es ein Monster. Irgendwie war es das ja auch, denn es hatte bisher jeden Mord an ihren Familienmitgliedern vorausgesagt. Jedes Mal gab es chinesisches Essen, welches sie nicht bestellt hatten, mit einem kleinen Zettel, mit dem Namen desjenigen, der sterben würde. Und jedes Mal gab es keinen Lieferjungen. Lisa atmete tief durch und öffnete dann die Tüte mit dem Essen. Sie musste sicher gehen, dass es wirklich von dem Mörder war. Als sie tatsächlich einen kleinen Zettel aus der Tüte zog, ließ sie ihn fallen, als hätte er sie verbrannt. Der Zettel segelte zu Boden. Sie sah nur die weiße Seite, aber sie wollte ihn auch gar nicht umdrehen, um ihren Namen darauf lesen zu können. Sie musste einen kühlen Kopf bewahren, um diesen Tag zu überleben.

Leon zog die Zange aus seiner Tasche und knipste ein Loch in den Zaun. Vorsichtig stieg er durch das Loch und ging auf das unheimliche Haus zu, über das er Mike vorhin ausgefragt hatte. Ich kann immer noch umdrehen und den Auftrag nicht ausführen, sagte sich Leon, doch er wusste, dass er es durchziehen würde. Das Geld, das ihm geboten wurde, war einfach zu verlockend. Leon dachte, er träumte, als er einen Mann am Telefon hatte, der ihm für einen „kleinen Extraauftrag" so viel Geld anbot, dass er fast alle seine Schulden abbezahlen konnte. Hätte Leon nicht so viele Schulden gehabt, hätte er das niemals in Betracht gezogen. Behutsam legte Leon das Essen vor die Haustür und blieb schweigend vor der schlichten Metalltür stehen. Seine Gedanken überschlugen sich, während er das Für und Wider abwog. Er durfte sich nicht erwischen lassen, sonst ging es in den Knast. So viel war klar. Auch, wenn er sich nicht sicher war, dass das die richtige Entscheidung war, drückte er die Klingel und versteckte sich hinter der Hausecke.

Er wartete eine Weile und dachte schon, sie würde die Tür überhaupt nicht öffnen. Doch dann hörte er einen Schlüssel klimpern. Die Kette an der Hauseingangstür wurde anscheinend zurückgeschoben. Dann klimperten noch mehr Schlüssel. Es dauerte bestimmt eine halbe Minute, bis sich die Haustür schließlich öffnete. Leon seufzte. Jetzt, sagte er sich immer wieder, doch er bewegte sich nicht. Er hörte, wie sie das Essen nahm und dann die Tür wieder verschloss. Verdammt, du Lusche, schimpfte er in Gedanken mit sich selbst.

Vermutlich war das gerade seine einzige Chance gewesen. Er löste sich von der Wand, an die er sich gepresst hatte und schlich einmal um das Haus herum. Tatsächlich waren jedes einzelne Fenster und auch die Gartentüren mit Metall-Fensterläden verschlossen. Verzweifelt überlegte Leon, was er tun konnte.

Vielleicht war es auch ein Wink des Schicksals, der ihm sagte, er solle es lieber lassen. Aber vielleicht gab es auch kein Schicksal und alles hing nur davon ab, ob er sich traute oder nicht. Das Geld rann ihm auf jeden Fall durch die Lappen, wenn er zu feige war. Leon traf eine Entscheidung und zog sein Brecheisen hervor. Er setze es an dem metallenen Fensterladen an und stemmte sich mit aller Kraft dagegen. Nichts schien sich zu bewegen. Er wusste auch nicht, ob es wirklich möglich war, die Dinger mit einem Brecheisen aufzustemmen. Aber das war seine einzige Möglichkeit. Er kam sich lächerlich und unvorbereitet vor. Wütend stemmte er sich noch kräftiger gegen das Brecheisen. Alles, was er damit erreichte, waren kratzende und ächzende Geräusche des Metalls, aber es regte sich nichts. Genervt ließ er das Brecheisen fallen. Er hätte diesen Auftrag nie annehmen sollen. So verlockend das Geld auch war. Plötzlich öffneten sich die Fensterläden und Leon schrak zurück.

Sein Blick streifte das Brecheisen und er hob es schnell auf, um nicht unbewaffnet dazustehen. Dann drängte er sich an die Wand, um nicht direkt entdeckt zu werden. Mit pochendem Herzen wartete er, bis sich die Fensterläden komplett geöffnet hatten.

Schließlich öffnete sich sogar die Gartentür und jemand trat langsam nach draußen.

Lisa rannte panisch durch das Haus und kontrollierte, ob auch vor jedem noch so kleinen Fenster die Fensterläden geschlossen waren. Es war dunkel im Inneren, sie hatte sogar die Lampen ausgeschaltet. Das machte eigentlich keinen Sinn, erhöhte aber aus irgendeinem Grund ihr Sicherheitsgefühl.

„Ich werde heute nicht draufgehen", zischte Lisa leise, als sie ins Bad rannte und erleichtert die geschlossenen Fensterläden sah. Dann rannte sie ins Wohnzimmer und warf einen schnellen Blick durch den Raum. Alle Fensterläden schienen geschlossen zu sein. Doch etwas anderes erregte ihre Aufmerksamkeit.

Es klang wie ein Kratzen. Sie ging näher an die Gartentür heran und das Geräusch wurde tatsächlich lauter. Jetzt hörte sie es ganz deutlich. Die Fensterläden knarzten etwas. Der Lieferant, schoss es ihr durch den Kopf. Ihr Herz schien einen Moment auszusetzen und ihr war kurz zum Heulen zumute. Doch dann erinnerte sie sich selbst, dass sie nicht schwach werden durfte. Sie hatte nur eine Chance, wenn sie einen kühlen Kopf behielt. Sie riss ihren Blick von der Gartentür los und rannte in die Küche. „Wenn du versuchst hier reinzukommen, mache ich dich fertig, du Arschloch", zischte sie und schnappte sich das größte Küchenmesser, das sie vorrätig hatte. Und das war tatsächlich ziemlich groß.

Dann schlenderte sie zurück ins Wohnzimmer und ließ die Metall-Fensterläden aufgehen. Sie hielt das Messer bereit, um jederzeit zustechen zu können und öffnete die Gartentür. Niemand stand davor. Ihr Herz pochte wie verrückt, während sie langsam die Tür öffnete und raus auf das Gras trat. Die Erde war noch feucht, weil es vorhin geregnet hatte und ihre Sohlen quietschten. Plötzlich sprang jemand hinter dem rechten Fensterladen hervor und wollte ihr eine Brechstange über den Kopf ziehen. Aber Lisas Sinne waren geschärft. Sie war auf der Jagd. Auf der Jagd nach dem Typen, der ihre Eltern und ihren Bruder ermordet hatte. Sie bückte sich rechtzeitig und stieß das Messer nach vorne, streifte damit aber nur seine Hüfte. Der Typ kam auf sie zu und sie flüchtete zurück ins Haus. Als sie gerade die Schwelle überquerte, erwischte er ihre Beine mit dem Brecheisen und sie fiel. Sie zögerte nicht lange und trat mit ihrem rechten Bein genau an die Stelle, an der sie seine Eier vermutete. Seinem Aufschrei nach zu urteilen, lag sie damit genau richtig. Den Schmerz in ihren Beinen ignorierend, sprang sie wieder auf.

Auch der Typ stand mit dem Brecheisen in der Hand bereit und wollte es ihr schon wieder über den Kopf ziehen. Doch Lisa bückte sich erneut und stieß ihn dann gegen die Hauswand. Ohne zu zögern, rammte sie ihm das Messer in die Brust. Der Mann sank zu Boden und Lisa ebenfalls. Vor Erschöpfung, Erleichterung und den Schmerzen in ihren Beinen. Sie saß auf dem Boden und betrachtete das Blut, das sich langsam auf seinem T-Shirt ausbreitete.

Ein hysterisches Lachen entfuhr ihr, während sie sah, wie das Leben aus seinen Augen wich. Sie hatte es geschafft. Sie hatte es beendet. Er war Tod und sie konnte weiterleben. Tränen liefen über ihre Wange. Doch das Klingeln an der Haustür riss sie aus ihrer Erleichterung und ihre Sinne waren wieder angespannt. Sie sprang auf und schleppte sich zur Haustür. Auf dem Weg schnappte sie sich ein neues Messer. Sie wollte nicht unbewaffnet sein, auch wenn das Klingeln an der Tür vielleicht nur ganz harmlos war. Sie öffnete die Tür wieder nur einen Spalt breit und spähte hinaus. Es war niemand zu sehen. Doch als ihr Blick nach unten wanderte, entdeckte sie das chinesische Essen. Sie starrte es eine Weile an, als könnte sie es verschwinden lassen, wenn sie es nur lange genug anstarrte, aber es blieb dort stehen. Ohne es anzufassen, knallte sie die Tür wieder zu. Was sollte das? Sie hatte ihren Killer getötet. Oder doch nicht? Sie war nicht mehr in Gefahr. Oder doch? Dann schoss ihr ein Gedanke durch den Kopf. Die Gartentür. Sie hatte sie nicht wieder verschlossen. Schnell drehte sie sich um, um das nachzuholen, doch da stand er auch schon. Etwa 3 Meter entfernt von ihr und grinste sie spöttisch an.

Schmunzelnd beobachtete Marc, wie der Lieferant versuchte einen Weg ins Haus zu finden und dabei kläglich scheiterte. Aber beeindruckt war er definitiv davon, wie sich die kleine Lisa verbarrikadiert hatte. Sie wollte um das Leben kämpfen, für das ihre Mutter sich geopfert hatte. Er hatte beiden Elternteilen die Wahl gelassen.

Wie erwartet opferten sich beide. Das war Elternliebe. Er hatte so etwas auch mal empfunden. Bevor diese beiden Geschwister ihm diese Liebe genommen hatten. Bevor sie im betrunkenen Zustand seinen Sohn, vor dem kleinen China-Laden, den er so sehr geliebt hatte, überfuhren. Er hatte sie gesehen, aber keine Beweise gehabt – und deswegen wurden sie nicht angeklagt. Doch so wollte er die beiden nicht davonkommen lassen. Er wollte, dass die Eltern eine Entscheidung haben. Wollten sie ihr Kind verlieren oder selbst sterben?

Natürlich hätte auch Marc sich für seinen Sohn geopfert, doch er hat diese Wahl nicht gehabt.

Tränen liefen ihm über das Gesicht, während er zusah, wie die Schlampe den Lieferanten kaltmachte. Die hatte sich echt vorbereitet. Marc schlich sich aus dem Gebüsch und ging zur Haustür. Ihr Bruder hatte sich damals nicht so ins Zeug gelegt und war einfach zu erledigen gewesen. Doch daraus hatte sie anscheinend gelernt.

Als Marc das verriegelte Haus entdeckt hatte, wusste er, dass er Hilfe brauchte. Deshalb bezahlte er den Lieferanten für einen extra Auftrag. Eigentlich sollte er nur einen Weg ins Haus finden. Das hatte er letztendlich ja auch getan. Marc stellte das chinesische Essen vor der Haustür ab und lief zur Gartentür. Er wusste, dass er sich nicht beeilen musste. Sie würde zu überrascht sein und eine Weile brauchen, bis sie bei der Haustür angelangt war.

Als er die Gartentür erreichte, sah er, wie sie mit einem Messer in der Hand auf dem Weg nach Drinnen war. Er schlich sich leise ins Haus und sah, wie sie das   Essen entdeckte, es eine Weile anstarrte, die Tür wieder zuschlug und sich dann ruckartig umdrehte. Sie sah abgemagert aus und starrte ihn mit vor Angst geweiteten Augen an. Doch er verdrängte jegliches aufsteigende Gefühl von Mitleid mit einem spöttischen Grinsen. Sie hatte seinen Sohn auf dem Gewissen. Sie hatte ihm das Wichtigste in seinem Leben genommen. Er sah, wie sie das Messer hochhielt und sich bereit zum Kampf machte. Na dann, lass es uns entscheiden. Ob du oder ich, mit diesem Kampf wird es endlich zu Ende sein.

Letzte Seefahrt

Die Paddel glitten durch das Wasser. Das Plätschern und der Geruch von Wald und See zugleich wirkten sehr beruhigend auf mich. Ich dachte an das letzte Mal, als ich, genau auf diesem See, mit dem Boot meines Vaters rausgefahren war. Es ist spät abends gewesen und mein Vater kam betrunken nach Hause.

„Schatz, geh doch ein bisschen draußen spielen", bat mich meine Mutter. Das war eine Vorsichtsmaßnahme. Sie wusste nicht, ob er es tat, aber wenn wollte sie mich nicht im Haus haben. Doch ich blieb. Ich war bereits 12 Jahre alt. Bisher hatte meine Mutter mich immer beschützt. Irgendwann war es an der Zeit, dass ich sie beschützte.

Meine Mutter ging in die Küche, um meinem Vater sein Essen zu bringen. Er ignorierte mich und setzte sich schlecht gelaunt an den Tisch, während meine Mutter ihm sein Essen vorsetzte.

„Lisa", ermahnte meine Mutter mich in strengem Ton. Sie wollte, dass ich ging. Allein in die Dunkelheit. Das war ihr lieber, als wenn ich hier blieb.

„Geh mit Waffle spazieren. Er hatte heute noch keinen Auslauf"

„Ich will nicht!"

Doch das interessierte meine Mutter nicht. Sie machte dem Hund die Leine um und drückte sie mir in die Hand. Ihr Mund lächelte, doch ihre Augen verrieten, dass sie nicht wirklich glücklich war. Sie war schon seit langer Zeit nicht mehr glücklich. Ich nahm die Leine und verließ mit Waffle das Haus. Ein eisiger Wind blies mir ins Gesicht und ich lief missmutig die unbefahrene Straße entlang. Ich hätte bleiben müssen. Ich hätte sie nicht allein lassen dürfen. Dann wäre vielleicht alles anders gekommen. Ich verließ das Haus nicht, damit der Hund seinen Auslauf bekam. Ich verließ das Haus, weil ich feige war. Aber so konnte es nicht bleiben. Ich konnte meine Mutter nicht immer alleine lassen. Ich dachte an Willi, aus meiner Klasse. Er war ein kleiner schmächtiger Junge, der öfter gemobbt wurde. Doch seit er diese Kampfsportart lernte, gehörte er zu den stärkeren Jungs in unserer Klasse. Er war auch nicht mehr so dick, sondern eher muskulös. Das könnte ich auch versuchen. Dann könnte ich meine Mutter beschützen und müsste nicht mehr wegrennen und nie wieder Angst haben. Ich könnte meinem Vater die Stirn bieten.

Waffle genoss es offensichtlich, draußen zu sein, obwohl es eiskalt war. Er schnüffelte an jedem Stein und suchte sich sein Plätzchen zum Pinkeln sorgfältig aus. Ich ging mit ihm durch den Wald bis runter zum See. Das Boot meines Vaters stand dort. Es erinnerte mich an glückliche Zeiten. An Zeiten, in denen er mit mir auf den See rausgefahren war und mir alles beibrachte. Wir angelten zusammen und kamen abends zurück nach Hause, wo meine Mutter uns lächelnd empfing. Mit einem ehrlichen Lächeln, das auch ihre Augen erreichte. Sie briet den Fisch, den wir geangelt hatten. Ich kam meistens an den See, wenn meine Mutter mich bat, das Haus zu verlassen, um mich an diese glücklichen Zeiten zu erinnern. Ich stieg ins Boot und Waffle sprang hinterher, nachdem er sein Revier markiert hatte. Ich hatte lange gebraucht, um ihn an das Boot zu gewöhnen, aber inzwischen gefiel es ihm. Ich paddelte auf den See hinaus und Waffle starrte fasziniert ins Wasser. Es war dunkel und kalt, aber ich genoss es, auf dem See zu sein. In einiger Entfernung konnte ich die Insel sehen, auf der mein Vater und ich einmal campen waren. Ich dachte an die gemeinsamen Momente am Lagerfeuer. Gebratene Marshmallows und Sternenbilder kamen mir als erstes in den Sinn, wenn ich daran zurückdachte. Ich hatte gelernt, ein Zelt aufzubauen und nachts haben wir uns in unsere Schlafsäcke gekuschelt.

Doch mit einem Mal änderte sich alles. Als mein Vater seine Werkstatt verlor und begann, Treppenhäuser zu putzen, fing alles an. Ich wusste, dass meine Mutter hoffte, es würden wieder bessere Zeiten kommen und wenn sie das sagte, glaubte ich ihr. Meine Mutter war klug. Bevor sie schwanger wurde, arbeitete sie als Immobilienmaklerin. Sie verdiente viel Geld, doch sie gab den Job auf, um mich großzuziehen. Mein Vater hatte ihr verboten wieder arbeiten zu gehen, damit sie den Haushalt schmeißen konnte, aber sie tat es trotzdem heimlich. Sie meinte, sie wolle ein Leben ohne Papa aufbauen und dass wir eventuell weggehen müssten. Für mich war das ok. Das bedeutete ein Leben ohne Schläge, ein Leben ohne Angst. Ich hatte nur noch schwache Erinnerungen an solche Zeiten und ich wünschte mir nichts sehnlicher, als dass meine Mama, Waffle und ich in Sicherheit waren.

Als ich nach Hause kam und die Tür öffnete, bot sich mir

ein Bild, das ich nie vergessen sollte. Meine Mutter, die blutend und mit geschlossenen Augen auf dem Boden lag, während mein Vater sie wie betäubt anstarrte. Der Teppich sog das Blut auf, welches aus den Wunden am Kopf und am Arm meiner Mutter floss. Mein Vater sah zu mir rüber. Nichts regte sich in seiner Miene. Er schien wie versteinert. Für einen Moment starrten wir uns stillschweigend an. Es gab nichts zu sagen. Und ich war unfähig, etwas zu sagen. Die Zeit schien für einen Moment stillzustehen. Dann rannte ich los. Ich ließ mich neben meiner Mutter auf den Boden fallen. „Mama", rief ich. „Mama, wach auf. Bitte wach auf!" Doch so oft ich auch rief, sie regte sich nicht. Ihre Augen blieben geschlossen und das Blut trat weiter aus den Wunden heraus. Es floss auf meine Hände und meine Kleidung, und vermischte sich mit meinen Tränen. Als die Sanitäter kamen, ging alles ganz schnell. Sie nahmen uns mit und trennten mich ziemlich schnell von meinem Vater. Eine Frau stellte mir viele Fragen. Ich hatte Angst, manche von ihren Fragen zu beantworten, doch sie versprach mir, mein Vater könne mir nichts mehr tun, und dass ich ihre Fragen wahrheitsgemäß beantworten könne. Ich vertraute der Frau, auch wenn mich die Angst plagte. Dann wurde ich in ein Heim gesteckt. Mein neues Zuhause.

Die gleiche Frau, die mir die Fragen gestellt hatte, teilte mir dann auch mit, dass meine Mutter gestorben war. Ich weinte tagelang, wochenlang, vielleicht sogar Monate. Ich wollte lieber meine Mutter wiederhaben und mit ihr bei meinem Vater leben, als ohne meine Mutter von meinem Vater weg zu sein. Doch ich bekam meine Mutter nicht mehr zurück und mit der Zeit verstand ich das.

Mein Vater bekam eine Gefängnisstrafe von drei Jahren für Totschlag. Natürlich war das nicht angemessen. Was für eine lächerliche Strafe, dafür dass er ein Menschenleben einfach ausradiert hat.

Ich warf einen Blick auf die schwarze Plane, die auf dem Boot lag.

Er hatte meine Mutter jahrelang geschlagen und unglücklich gemacht, während sie ihn immer nur geliebt hatte und das Beste für ihn wollte. Sie war so lange nicht fortgegangen, weil sie ihm immer noch eine und noch eine Chance gegeben hatte. Und schließlich brachte er sie um. Angeblich war sie durch seine Schläge unglücklich auf eine Tischkante gefallen.

„Mir kannst du nichts vormachen", zischte ich die schwarze Plane an. „Hast dir ein schönes Leben gemacht mit deiner neuen Familie, nachdem du das von mir und meiner Mutter zerstört hattest!"

Sein neues Ich. Ich schnaubte verächtlich. „Ich hab' mich geändert", „Lass uns von vorne anfangen."

Ich musste gehässig auflachen, wenn ich an diese Worte dachte. Wen interessierte das? Es brauchte Gerechtigkeit. Er hatte es nicht verdient glücklich zu sein, nach allem was er getan hatte. Ich sah zurück zu dem Ufer, von dem ich gekommen war. Ich war weit genug draußen. Dann sah ich zur Insel rüber. Unserer Camping Insel. Schlagartig kamen mir wieder das Lagerfeuer, die Marshmallows und unsere lustigen Unterhaltungen in den Sinn.

Ich nahm den leblosen Körper unter der schwarzen

Plane hervor und versuchte ihn anzuheben. Tränen liefen mir über das Gesicht.

„Wir hatten auch gute Zeiten. Aber das, was du getan hast, kann man nicht verzeihen." Mit diesen Worten warf ich die Leiche meines Vaters in das dunkle Wasser. Kaltes, übelriechendes Wasser spritzte mir ins Gesicht. Ziemlich schnell verschwand der Körper in den Tiefen des Sees. Das schwarze Wasser verschluckte ihn einfach. Eine Weile starrte ich noch auf die Stelle, bis sich das Wasser wieder beruhigt hatte. Dann ruderte ich zurück ans Ufer. Dies war mein letzter Ausflug hierher. Mit diesem Kapitel meines Lebens hatte ich nun endgültig abgeschlossen.

Der Stalker

Erschöpft ließ ich meine Tasche auf das Sofa fallen. Am liebsten hätte ich mich direkt danebengelegt, aber das konnte ich noch nicht. Ich war heute spät von der Arbeit zurückgekehrt und meine Kinder würden jeden Moment nach Hause kommen.

Hastig kramte ich zwei Kochtöpfe hervor und setzte Wasser für die Nudeln auf. Dann schnippelte ich das Gemüse. Mein Leben könnte sicherlich weniger stressig sein, wenn ich meinen Kindern eine Pizza vorsetzte. Und mit Sicherheit wären meine Kinder davon absolut begeistert, doch diese Art von Mutter wollte ich nicht sein. Ich war eine gute Mutter, auch wenn das bedeutete, dass ich dafür einige Opfer bringen musste.

Einigermaßen gute Laune hatte ich nur dank des netten Herrens in dem Café, in dem ich mir täglich einen Kaffee zum Mitnehmen gönnte. Normalerweise waren die Mitarbeiter dort nicht besonders freundlich, aber das Café lag genau auf dem Weg zu meiner Arbeit, deshalb blieb ich dort trotzdem Stammkundin. Doch seit heute hatten sie einen neuen Mitarbeiter. Er war etwa 20 Jahre älter als ich und mit einem grimmigen Blick ausgestattet. Im ersten Moment löste er ein ungutes Gefühl bei mir aus, doch dann war er ziemlich nett und machte mir sogar Komplimente. Das war ein gutes Gefühl. Von meinem Mann oder meinen Kindern bekam ich schon lange keine Komplimente mehr. Ich wusste, dass das nicht hieß, dass ich ihnen egal war, aber manchmal fühlte es sich so an.

Als ich gerade die Möhren schnitt, betrat mein Mann die Wohnung.

„Was machst du denn schon hier?", begrüßte ich ihn.

„Ich finde es auch schön, dich zu sehen", konterte mein Mann und gab mir einen Kuss auf die Wange. „Ein Termin ist ausgefallen und dann dachte ich, kann ich ja mal hier vorbeischauen."

„Dann kannst du mir ja beim Schnippeln helfen", schlug ich vor.

„Tut mir leid Schatz. Keine Zeit. Ich muss unbedingt duschen gehen." Mein Mann gab mir einen weiteren Kuss auf die Wange und verschwand im Badezimmer.

Wütend hämmerte ich mit dem Messer auf das Gemüse ein. Typisch. Ich konnte mich nicht daran erinnern, wann er mir das letzte Mal bei der Hausarbeit geholfen hatte.

Wieder hörte ich einen Schlüssel im Schloss.

Hektisch warf ich einen Blick in den Topf mit dem Wasser. Es kochte noch nicht.

„Doch!"

„Nein!"

„Dooch!"

„Neein!"

„Hallo meine Süßen", unterbrach ich die fleißige Argumentation meiner Kinder.

„Annika ist doof", meinte mein 7 jähriger Sohn, Janik, über seine ältere Schwester.

„Bin ich gar nicht", sagte Anni beleidigt und verzog sich in ihr Zimmer.

„Janik, sowas sagt man nicht, weil man damit andere

Menschen verletzt", wies ich meinen Sohn zurecht.
„Wann gibt es Essen?", fragte Janik und ich seufzte.
Nervös warf ich einen Blick in den Topf.

Das Wasser kochte noch immer nicht. Es würde also noch etwas dauern, bis wir essen konnten.

„Gleich", vertröstete ich meinen Sohn, auch wenn ich wusste, dass er in 5 Minuten wieder fragen würde.
Plötzlich hörte ich ein lautes Scheppern aus Annikas Zimmer.

Einen Moment lang blieb ich wie angewurzelt stehen.
Dann rannte ich los und riss Annikas Zimmertür auf.
Sie war gerade dabei, die Scherben vom Laminatboden aufzusammeln. Ihr war wohl ein Glas runtergefallen.

„Lass das liegen", befahl ich ihr und Annika ließ die Scherben los.

„Geh weg da", gab ich ihr weiter Anweisungen und sie befolgte sie ruhig. Sie wusste, dass sie etwas Dummes gemacht hatte und wollte bloß nicht, dass ich sauer wurde. Ich holte mir einen Handfeger aus der Küche und fegte alle Scherben weg. Dann saugte ich sicherheitshalber mit dem Staubsauger durch das Zimmer.
Sie sollte sich schließlich nicht an kleinen Splittern verletzen, die übrig geblieben waren. Beim Saugen hatte ich tatsächlich ganz vergessen, dass das Wasser noch auf dem Herd stand und schon längst am Kochen sein musste. Als ich in die Küche zurückkam, sah ich nur wie das Wasser langsam über den Topf sprudelte.
Schnell drehte ich die Flamme runter und kippte die Nudeln hinein. Das war knapp, dachte ich und ließ das geschnippelte Gemüse in der Pfanne anbraten.

„Ist das Essen jetzt fertig?", hörte ich hinter mir die unschuldige Stimme meines Sohnes.

„Nein", sagte ich ruhig, nachdem ich einmal tief durchgeatmet hatte.

„So ich muss dann wieder. Ich komme heute Abend erst sehr spät nach Hause", verabschiedete sich mein Mann so schnell, dass ich nicht mal mehr Zeit hatte, ihn darum zu bitten, den Müll runterzubringen. Seit wann duschte der denn so schnell?

Genervt drehte ich die Flammen am Herd niedriger, schnappte mir meinen Wohnungsschlüssel und die Mülltüte, die schon fast über quoll und verließ die Wohnung. Es konnte so einfach nicht weiter gehen. Doch ich war auch selbst daran schuld. Das sah ich ein. Von Anfang an hätte ich klare Regeln setzen müssen, doch ich hatte die ganze Hausarbeit immer wie selbstverständlich alleine übernommen und nun hielt es keiner für nötig, mir zu helfen. Als ich gerade die Treppe runterlief, stieß ich mit einem gutaussehenden Mann zusammen, der eine große Kiste in den Armen hielt.

„Ziehen Sie ein?", fragte ich und warf einen Blick in die offenstehende Wohnung. Diese Wohnung stand schon seit Ewigkeiten leer und ich hätte nicht gedacht, dass sie doch noch einmal vermietet werden würde. Die letzte Mieterin war unbemerkt gestorben. Erst als nach einigen Wochen dauerhaft ein unerträglicher Gestank aus der Wohnung kam, wurde ihr Tod bemerkt. Die Wohnung ist wohl in einem so schlechten Zustand gewesen, dass sie jahrelang nicht vermietet wurde.

Aber jetzt anscheinend doch wieder. Der hübsche blonde Mann stellte die Kiste in die offene Wohnung, wobei ich seine starken Arme bewunderte. Dann wandte er sich mir zu.

„Ja, ich bin der neue Mieter. Phillip", antwortete er und reichte mir seine Hand.

„Angie", stellte ich mich vor. „Ich würde Sie ja gerne zum Essen bei uns einladen, aber es sieht so aus, als hätten Sie noch viel zu tun."

„Wirklich? Also in ein paar Stunden sind wir hier fertig. Dann würde ich gerne vorbeikommen", antwortete Phillip.

„Ok, gerne. Dann einfach ein Stockwerk höher bei Markmann klingeln."

„Alles klar!" Phillip lächelte mich unwiderstehlich an. „Ach und ist es ok, wenn wir uns duzen?"

„Klar. Dann bis nachher", verabschiedete ich mich von ihm und ging nach unten. In ein paar Stunden war Ben bestimmt noch nicht zu Hause. Und meine Kinder würden in ihren Zimmern spielen. Gegessen hatten sie dann schon und mit Erwachsenen zu reden, fanden sie langweilig. Phillip und ich wären dann also ganz alleine. Ich war ganz schön bescheuert, mir über so etwas Gedanken zu machen. Er hatte sich vermutlich nur über die Einladung zum Essen gefreut, weil er nach dem anstrengenden Tag keine Lust hatte, selbst zu kochen – und nicht weil er scharf darauf war, etwas mit einer fast 40 jährigen Frau anzufangen. Er war vermutlich erst 25. Ich schmiss den Müllbeutel in die Tonne und ging wieder nach oben. Mit einem freundlichen Lächeln lief ich an Phillip vorbei und ging zurück in meine Wohnung. Aber ich würde den Typen auf jeden Fall nicht von der Bettkante stoßen, dachte ich, als ich mich wieder mit dem Mittagessen beschäftigte.

Auch wenn es vielleicht lächerlich war, hatte ich mich in eines meiner schönsten Kleider gezwängt und saß Phillip mit einem dämlichen Grinsen gegenüber.
Aber ich konnte nichts dagegen tun. Der Mann faszinierte mich. Er war gerade mitten in einem Germanistik Studium. Auch ich hatte ein Germanistik Studium abgeschlossen. Sein Lieblingsschriftsteller war Sebastian Fitzek, genau wie meiner, und er schrieb sogar selbst Geschichten. Auch ich hatte mich mal im Schreiben versucht. Ich war aber nie der Meinung gewesen, dass es etwas von dem was ich schrieb, wirklich wert war, veröffentlicht zu werden. Also behielt ich es für mich.
Phillips Geschichten dagegen klangen wirklich gut. Zumindest das, was er mir bisher darüber erzählt hatte.
„Du kannst ja nachher kurz mit runterkommen, dann gebe ich dir eine meiner Kurzgeschichten mit", schlug Phillip vor.
„Klar!" Ich nickte und schob mir eine Nudel in den Mund.
„Dein Mann kommt heute also erst spät nach Hause?"
„Ja", antwortete ich. „Wie eigentlich jeden Abend. Er arbeitet sehr viel und verdient sehr wenig", scherzte

ich. Doch es stimmte auch irgendwie. Die Kinder und ich bekamen ihn kaum zu sehen, aber auf seinem Gehaltsscheck spiegelte sich das nicht wider.

„Oh ok."

„Und du ziehst alleine ein?"

„Ja, eigentlich habe ich gerade eine Trennung hinter mir."

„Oh, das tut mir leid."

„Nein, alles gut. Ich hab' Schluss gemacht. Sie war einfach nicht die Frau, mit der ich mein Leben verbringen wollte."

Ich nickte verständnisvoll. Auch wenn ich eher diejenige war, die abgeschossen wurde, weil ich nicht die Frau war, mit der irgendjemand sein Leben verbringen hätte wollen. Ben hatte mir dann etwas voreilig einen Ring an den Finger geschoben und jetzt musste er bei mir bleiben.

„Das Essen war wirklich lecker", lobte Phillip mich, als er sich gerade die letzte Nudel in den Mund schob. „Ich wünschte, ich könnte dein Essen jeden Tag haben", scherzte er.

Ich lachte, während ich den Tisch abräumte.

„Schleimer!"

„Nein ernsthaft."

Ich grinste und stellte die Teller in die Spüle. Abwaschen konnte ich später. Vielleicht könnte ich ja auch Ben dazu bringen, abzuwaschen. Aber wahrscheinlich war er dafür zu erschöpft, wenn er spät von der Arbeit nach Hause kam. Als ich mich umdrehte, stand Phillip ganz dicht vor mir und ich sog seinen Duft von Lavendel und Vanille ein.

„Kommst du mit runter?", flüsterte er mir ins Ohr.

„Ja", hauchte ich zurück. Er legte seinen Arm um meine Taille und zog mich mit. Ich schnappte mir noch meinen Schlüssel und zog dann die Wohnungstür hinter uns zu. Als wir bei ihm in der Wohnung angekommen waren, kramte er in einer der Kisten herum. Die Wohnung wirkte noch sehr leer. Immerhin gab es schon ein Bett, eine Toilette, eine Spüle und einen Herd. Ansonsten standen überall Kisten herum.

„Hier ist sie", rief Phillip und hielt mir einen Blätterstapel hin.

Ich nahm die Seiten entgegen. Es waren etwa 10.

„Super. Na dann", wollte ich mich verabschieden, doch Phillip hielt mich zurück. Er griff meinen Arm, als ich mich wegdrehen wollte und zog mich an sich. Dann drückte er mir einen Kuss auf die Lippen und ließ nicht mehr von ihnen ab. Mit einer Hand zog er den Reißverschluss meines Kleides auf. Da es schulterfrei war, fiel es direkt zu Boden. Er schob mich zu seinem Bett und ließ mich darauf fallen. Erst jetzt löste er sich von meinen Lippen und sah auf mich herab. Er grinste, als er bemerkte, dass ich die ganze Zeit keine Unterwäsche getragen hatte.

„Wo willst du hin?", fragte Phillip, als ich aus dem Bett aufstand und mir mein Kleid wieder überstreifte.

„Ich muss nach Hause. Mein Mann kommt jeden Moment."

„Bleib bei mir, bitte", säuselte Phillip.

Ich ging gar nicht darauf ein. „Das was heute passiert ist, darf nie wieder passieren. Ich bin verheiratet", stellte ich klar.

„Was?" Phillip setzte sich im Bett auf und sah mich entsetzt an. „Du gibst mir einen Korb? Erst schläfst du mit mir und dann servierst du mich ab? Ich dachte da wäre was zwischen uns."

„Ja, aber ich bin viel zu alt für dich und außerdem verheiratet. Ich liebe meinen Mann. Ich weiß, dass ich ihn gerade betrogen hab', beweist das nicht gerade, aber ich hatte einfach einen scheiß Tag und du warst irgendwie ein Traummann heute Abend und dann hab' ich mich gehen lassen. Aber trotzdem liebe ich meinen Mann."

„Du hast dich gehen lassen? So nennst du das was zwischen uns war?" Wutentbrannt starrte Phillip mich an. Es machte mir Angst, dass er so reagierte. Ich hätte eher gedacht, dass er derjenige ist, der mich schnell loswerden wollte.

„Tut mir leid. Ich muss los", murmelte ich und verzog mich aus seiner Wohnung. Schnell ging ich hoch in meine eigene und schloss die Tür hinter mir ab. Dann ließ ich mich ins Bett fallen und starrte an die Decke. Was hatte ich nur getan?

„Hey Schatz", begrüßte ich Ben, als ich am nächsten Tag die Wohnung betrat. Ich war gerade von der Arbeit nach Hause gekommen und sah die Post durch. „Hey, sag mal, hattest du gestern Besuch? Da standen zwei Teller und zwei Weingläser in der Spüle. Und eine leere Flasche Wein stand noch auf dem Tisch." Ich hatte vergessen abzuwaschen. „Nein. Ich habe beide benutzt", log ich. Ich war gerade nicht in der Lage mir eine gute Lüge auszudenken. Ich starrte auf einen roten Briefumschlag, auf dem mein Name in einer merkwürdigen krakeligen Schrift stand. Der Brief war von ihm.

„Angie? Alles ok?", riss Ben mich aus meinen Gedanken.

„Ja", sagte ich schnell und ließ den Brief in meiner Hosentasche verschwinden. Ich legte Ben die restlichen Briefe auf den Tisch. „Kannst die ja mal durchgucken. Sind eh fast alle für dich."

Ich versuchte nach außen möglichst ruhig zu wirken und trotzdem so schnell wie möglich ins Schlafzimmer zu gehen. Dann zog ich den Briefumschlag aus der Tasche und riss ihn auf. Ich zog einen kleinen Zettel heraus.

„Gib uns eine Chance. Ich glaube wir sind Seelenverwandte", las ich. Das war Alles? Das war sein Versuch, mich dazu zu überreden, meinen Mann und meine Kinder zu verlassen, um mit einem 25 jährigen Mann zusammen zu sein, den ich gerade erst kennen gelernt hatte? Sehr schwach. Daran merkte man auch, dass er wirklich noch zu jung und naiv für mich war. Ich zerriss den Brief in viele kleine Einzelteile, bis nicht mehr erkennbar war, was dort eigentlich mal stand. Selbstbewusst verließ ich das Schlafzimmer und ging in die Küche zurück, in der Ben noch immer an unserem kleinen Tisch saß. Ich schmiss die Schnipsel in die Mülltonne.

„Ist der von dir?", fragte Ben und zeigte auf einen kleinen Zettel auf dem Tisch. Ich ging näher heran und las, was auf dem Zettel stand. „Ich liebe dich." Mein Herz machte einen Aussetzer und mir wurde ganz heiß. Nein, ich hatte diesen Zettel nicht geschrieben. Er konnte nur von Phillip sein und es war die gleiche Handschrift, wie auf dem Brief. Aber wie zur Hölle war Phillip hier reingekommen? Er hatte doch keinen Schlüssel für unsere Wohnung.

„Ja", sagte ich kurz angebunden, um auf Bens Frage zu antworten und zog ihm den Zettel weg. „Aber jetzt kann er ja weg. Ich bring schnell den Müll runter." Ich nahm die Mülltüte, die eigentlich noch nicht mal bis zur Hälfte gefüllt war und zog die Tür hinter mir zu. Ich rannte die Treppen runter und klingelte an Phillips Wohnungstür. Er öffnete und wollte mich gerade freundlich begrüßen, da kam ich ihm zuvor und hielt ihm den Zettel unter die Nase. „Wie bist du in meine Wohnung gekommen?", zischte ich.

Phillip sah mich gespielt verständnislos an. „Ich weiß nicht wovon du redest."

Ich wurde rot im Gesicht vor Wut. „Sag mir wie du in meine Wohnung gekommen bist oder ich gehe zur Polizei!", rief ich.

Phillip lächelte. „Achja? Dann kannst du ja auch deinem Mann direkt sagen, dass du ihn verlässt und mit mir zusammen bist. Ich hab' auch ein paar schöne Bilder, die das belegen."

Damit versetzte er mir einen kleinen Dämpfer. Wieso

hatte er Bilder? Wir hatten doch gar keine gemacht. Trotzdem ließ mich das kurz innehalten.

„Halt dich von mir fern", zischte ich dann und ging.

Doch schon am nächsten Morgen musste ich feststellen, dass Phillip diese Drohung nicht besonders ernst genommen hatte. Ich schmierte gerade die Schulbrote für meine Kinder, als mein Blick auf einen Briefumschlag fiel, der anscheinend durch unseren Briefschlitz gesteckt worden war. Ich unterbrach das Broteschmieren und hob den Brief auf. Mit einem mulmigen Gefühl im Magen riss ich ihn auf und betrachtete seinen Inhalt.

Es befand sich eine wunderschöne silberne Kette darin. Das war Alles. Keine Nachricht, keine Gravur. Vielleicht ist sie nicht von Phillip, überlegte ich. Doch eigentlich fiel mir niemand anderes ein, der mir eine Kette in einem Briefumschlag durch den Briefschlitz schenken würde. Ich steckte sie mit der Absicht in meine Hosentasche, sie nachher durch Phillips Briefschlitz zu reichen und schmierte weiter die Brote für meine Kinder. Die ganze Situation wurde mir immer unangenehmer. Wie sollte ich die ganze Sache nur vor Ben verheimlichen, wenn Phillip mich nicht in Ruhe ließ?

Früher oder später würde Ben einen Zettel oder ein Geschenk sehen, bevor ich es gefunden hatte. Aber was hatte ich für Möglichkeiten? Ich packte die Brote ein und weckte dann meine Kinder. Nachdem ich sie in die Schule geschickt hatte, machte ich mich für die Arbeit fertig. Als ich an Phillips Wohnung vorbei kam, schob ich die Kette durch den Türspalt in seine Wohnung. In der Hoffnung, dass er es nun endgültig verstanden hatte und mich in Ruhe lassen würde, machte ich mich auf den Weg zur Arbeit. Doch kaum saß ich zehn Minuten dort, klingelte das Telefon. Ich meldete mich mit dem Namen der Kanzlei, in der ich als Rechtsanwaltsgehilfin arbeitete. Am anderen Ende der Leitung hörte ich Phillip fragen: „Angie?" Ich war so geschockt, dass es mir die Sprache verschlug. Phillip deutete mein Schweigen wohl als ein Ja.

„Warum hast du mir die Kette zurückgebracht?" Ich atmete einmal tief durch. Er verstand es nicht. Er würde es niemals verstehen. „Weil ich keine Geschenke von dir haben möchte. Ich werde niemals mit dir zusammen sein. Verstehst du das?" Ich versuchte es so klar und deutlich wie möglich für ihn zu formulieren.

„Ja, ich glaube dir, dass du das denkst. Aber ich weiß, was du wirklich willst", hörte ich Phillip am anderen Ende der Leitung säuseln.

Das konnte nicht wahr sein. Enttäuscht legte ich den Hörer auf. Es hatte keinen Sinn mit ihm zu diskutieren. Er war geisteskrank. Ich konzentrierte mich wieder auf meine Arbeit, doch nur fünf Minuten später klingelte das Telefon schon wieder.

„Warum willst du es denn nicht zulassen?", fragte er mich.

Ich hatte keine Lust, mit ihm zu diskutieren. Das

würde nirgendwo hinführen. Also legte ich den Hörer wieder auf, ohne ein Wort zu sagen. Natürlich ließ Phillip es damit nicht gut sein. Er rief so oft an, dass ich mich kaum noch traute, ans Telefon zu gehen.

„Du bist eine Schlampe", schrie er mich so laut durch den Hörer an, dass ich zusammenzuckte. Schnell legte ich wieder auf und atmete tief durch, um mich zu beruhigen. Er war definitiv geisteskrank.

Wenn ich dann wirklich mal einen Klienten am Telefon hatte, versuchte ich so lange wie möglich mit ihm zu reden. Denn so lange das Telefon besetzt war, konnte Phillip nicht anrufen. Jedes Mal, wenn er mich am Telefon anschrie, rief er danach an, um sich zu entschuldigen.

Doch auch darauf reagierte ich nicht. Das Telefon klingelte noch ein letztes Mal, als ich gerade in den Feierabend gehen wollte, aber ich nahm den Anruf nicht mehr an. Ich wollte nur noch hier raus. Zuhause angekommen, schlich ich mich so leise wie möglich das Treppenhaus in unsere Wohnung nach oben. Ich hatte Angst, Phillip zu begegnen. So konnte es doch nicht weitergehen. Ich hatte einen Stalker, der direkt unter mir wohnte. Ich konnte mich in meinem Haus nicht mehr sicher fühlen. Noch während ich das Essen zubereitete, fühlte ich mich unwohl. Ich wünschte, Ben würde nach Hause kommen. Dann müsste ich mich nicht so alleine fühlen. Aber Ben kam immer erst spät nach Hause. Ich holte gerade eine Paprika aus dem Kühlschrank, als plötzlich das Telefon klingelte. Ich fuhr zusammen und ließ die

Paprika fallen. Ich konnte heute kein Telefonklingeln mehr ertragen. Schnell sah ich nach, wer anrief und stellte erleichtert fest, dass es nur meine Mutter war. So kann es definitiv nicht weiter gehen, dachte ich, während ich den Anruf annahm.

„Schätzchen", hörte ich meine Mutter erfreut rufen. „Wie geht es dir?"

„Ganz gut", log ich. „Und euch?"

„Sehr gut", antwortete meine Mutter. „Ich rufe eigentlich an, wegen Lisa. Sie hat einen neuen Mann und wir haben ihn gestern Abend kennen gelernt."

Ich seufzte. Ich wusste genau, was jetzt kommen würde. Meine Schwester, Lisa, hatte keinen besonders guten Geschmack, was Männer anging. Sie war etwa Mitte Dreißig und meine Eltern waren ziemlich verärgert darüber, dass sie noch immer nicht verheiratet war. Deshalb waren sie jedes Mal immer sehr aufgeregt, wenn Lisa ihnen einen neuen Mann vorstellte. Allerdings waren sie auch noch nie wirklich zufrieden mit einem Mann gewesen, den Lisa vorgestellt hat.

„Und wie ist er?", fragte ich nach, obwohl ich glaubte, die Antwort schon zu kennen.

„Ach naja. Nicht so schlimm wie der Letzte auf jeden Fall."

Na immerhin. Als ich gerade überlegte, was ich daraufhin antworten sollte, klopfte es an der Tür. Ich öffnete und sah in Phillips Gesicht. Ich erschrak so sehr, dass ich die Tür direkt wieder zuschlug.

„Ist alles ok?", hörte ich meine Mutter fragen.

„Äh…ja…ja", stammelte ich. „Alles ok. Nur ein

Paketbote."

Und tatsächlich war das gar nicht mal so falsch, denn genau in diesem Moment wurde ein Briefumschlag durch den Briefschlitz unserer Tür geschoben und landete auf dem Laminatboden.

„Jedenfalls wirkten die Beiden tatsächlich ziemlich verliebt. Er ist zwar nur Kellner und sieht auch nicht besonders gut aus, aber Lisa wird ja auch nicht mehr jünger…"

Ich ließ meine Mutter im Hintergrund reden, während ich den Briefumschlag öffnete und die Kette heraus-zog, die ich schon heute Morgen gefunden hatte. Diesmal lag ein Zettel dabei. „Ich meine es doch nur gut. Warum schließt du mich so aus?", las ich. Na toll. Jetzt empfand ich Mitleid für ihn. Allerdings verging das sehr schnell wieder, als ich mich daran erinnerte, wie er mich vor ein paar Stunden auf der Arbeit noch als Schlampe beschimpft hatte. Ich schmiss den Zettel in den Mülleimer und steckte die Kette in meine Hosentasche.

„…wenn er ihr bald einen Antrag macht, dann könnte nächsten Sommer vielleicht schon die Hochzeit stattfinden…", hörte ich meine Mutter immer noch reden.

Phillip wollte die Kette ja offensichtlich nicht zurück-nehmen. Und wegschmeißen wollte ich sie auch nicht. Vielleicht verschenkte ich sie einfach an jemanden.

Als zwei Tage später am Morgen mein Wecker klingelte, wollte ich erst nicht aufstehen. Ich wusste, dass mich wieder eine Botschaft von Phillip erwarten würde und ich wollte sie nicht lesen. Ich wollte nicht auf dem Weg zur Arbeit an seiner Wohnung vorbei müssen und Angst haben, dass er plötzlich rauskommt und mir vielleicht sogar etwas antun würde. Ich wollte nicht mehr bei jedem Klingeln des Telefons zusammenzucken, weil ich Angst hatte, dass es schon wieder Phillip war. Gestern habe ich mich sogar schon nach neuen Wohnungen umgesehen. Doch wir lebten in Berlin.

Und zurzeit konnte es sich kein Mensch leisten, in Berlin eine neue Wohnung zu mieten. Aber vielleicht wäre es das wert. Ben verdiente nicht schlecht, auch wenn es durchaus mehr sein könnte, für die Arbeit, die er leistete. Und ich verdiente auch etwas. Vielleicht sollten wir uns wirklich eine neue Wohnung nehmen. Sie könnte auch etwas kleiner sein als unsere jetzige. Ich würde meine Telefonnummern ändern. Vielleicht konnte ich Phillip so tatsächlich loswerden. Aber wie sollte ich meinen Mann dazu überreden, umzuziehen? Die Wohnung war schön und wir würden nie wieder so eine schöne Wohnung mit einer so günstigen Miete bekommen. Ben würde mich für verrückt erklären, wenn ich ihm eröffnete, dass ich umziehen wollte. Und würde ich Phillip damit wirklich loswerden? Er könnte meine neue Adresse herausfinden und alles würde von vorne beginnen. Seufzend stand ich schließlich auf.

Ich hatte noch immer keine Lösung für mein Problem gefunden, aber es half auch nicht, zu spät zur

Arbeit zu kommen. In der Küche erwartete mich die übliche Überraschung. Wahrscheinlich warf Phillip jeden Morgen etwas durch den Briefschlitz, kurz nachdem Ben weg war. Ich schmiss den Briefumschlag ungeöffnet in den Mülleimer. Ich wollte den Inhalt gar nicht wissen.

Vielleicht war es sogar die beste Methode, alles was er tat, zu ignorieren und mein Leben weiterzuleben. Vielleicht würde er irgendwann die Geduld verlieren und mich in Ruhe lassen. Aber war es nicht genau das, was ich schon seit Tagen versuchte? Erst hatte ich versucht mit ihm zu reden, was nicht funktioniert hat und nun versuchte ich ihn zu ignorieren, aber auch das schien nichts zu bringen. Er ließ mich einfach nicht in Ruhe.

Als ich ein paar Stunden später im Büro saß, konzentrierte ich mich nur auf meine Arbeit und vergaß Phillip schon fast wieder. Doch um die Mittagszeit wurde ich wieder an ihn erinnert. Eine Rose wurde mir geliefert. Es lag kein Brief dabei, deshalb hatte ich die Hoffnung, dass sie vielleicht nicht von Phillip war. Auch wenn ich mir nicht vorstellen konnte, dass Ben mir eine Rose auf die Arbeit schicken würde. Ich stellte die Rose in eine kleine Vase und malte mir aus, mein Mann wäre tatsächlich so aufmerksam. Doch ein Anruf von Phillip gab mir schnell Klarheit, dass die Rose von ihm stammte. Wie immer antwortete ich ihm nicht und legte den Hörer wieder auf. Wann würde er mich endlich in Ruhe lassen? Und warum machte mein Stalker mir aufmerksamere Geschenke, als mein Ehemann es je getan hatte? Ich versuchte mich wieder auf meine Arbeit zu konzentrieren, doch die Rose in meinem rechten Blickwinkel lenkte mich immer wieder ab. Schließlich war ich so wütend auf mich selbst und auf Phillip und auf Ben, dass ich die Rose samt Vase vom Tisch fegte. Die Vase zersprang klirrend und das Wasser verteilte sich auf dem Boden. Eine Weile lang starrte ich wütend auf die Wasserpfütze, die sich auf dem Boden ausbreitete. Wie hatte ich nur in diese Lage geraten können? Ich hatte noch immer keine Ahnung, wie ich dieser Situation wieder entkommen konnte.

Zum Glück rief Phillip an diesem Tag nicht mehr an. Das baute mich wieder etwas auf. Vielleicht war ich ja doch auf dem richtigen Weg, indem ich ihn einfach ignorierte. Vielleicht würde er es tatsächlich mit der Zeit einsehen und mich in Ruhe lassen. Einigermaßen entspannt machte ich mich auf den Weg nach Hause und kochte das Essen für meine Kinder. Der ganze restliche Tag verlief ziemlich ruhig und normal. Und ich genoss es. Auch wenn ich vor ein paar Tagen noch genervt von meinem Leben gewesen war, jetzt wünschte ich es mir zurück.

Erst als meine Kinder im Bett waren, hatte ich etwas Ruhe und setzte mich entspannt vor den Fernseher. Das Klingeln des Telefons ließ mich hochschrecken. Ich versuchte mich zu beruhigen und sah nach, wer anrief. Unbekannte Nummer. „Vergiss es!", rief ich laut aus und zog das Telefonkabel aus der Steckdose. Ich weigerte mich jetzt einfach, mich weiter terrorisieren zu lassen. Bei der Arbeit muss ich immer den Hörer abnehmen. Aber zu Hause ließ ich mich nicht terrorisieren.

Entspannt lehnte ich mich auf der Couch zurück und genoss die Ruhe. Ich bewegte mich für mehrere Stunden nicht mehr vom Fleck, bis Ben nach Hause kam.

„Ist unser Telefon kaputt?", fragte er direkt ohne mich zu begrüßen.

„Nein", antwortete ich. Dann erst fiel mir wieder ein, dass ich es aus der Steckdose entfernt hatte. „Ich hab' es nur ausgestöpselt", gab ich zu und schloss es schnell wieder an.

„Wieso das denn?", fragte Ben.

„Es hat bestimmt zwanzig Mal geklingelt und ich wollte einfach mal meine Ruhe haben", log ich.

„Zwanzig Mal?", wunderte sich Ben. „Zweimal war es auf jeden Fall ich. Ich hatte ein paar Unterlagen hier liegen gelassen und wollte dich bitten, sie mir vorbei zu bringen. Ich hab' von der Nummer eines Kollegen angerufen, weil mein Akku leer war. Aber jetzt ist es eh zu spät. Dann muss ich das morgen erledigen."

„Tut mir leid", entschuldigte ich mich. Dann war die unbekannte Nummer, die vorhin angerufen hatte, wahrscheinlich doch nicht Phillip gewesen, sondern Ben.

„Es werden doch nur zwei Anrufe angezeigt", beschwerte sich Ben. „Kannst du mir mal bitte erklären, warum du wegen zwei Anrufen einfach das Telefon ausstöpselst?", fuhr er mich an.

„Mach doch nicht so ein Drama daraus." Genervt schaltete ich den Fernseher aus und verzog mich ins Schlafzimmer. Nein, das konnte ich ihm nicht erklären.

„Machst du dir dann heute mal einen schönen Abend?", fragte Laura und packte drei Packungen Reiswaffeln in ihren Einkaufskorb. Laura war meine beste Freundin, seit der ersten Krabbelgruppe von Annika. Wir hatten uns dort kennen und lieben gelernt. Laura hatte inzwischen sogar schon drei Kinder. Sie hatte aber auch den Vorteil, dass sie nicht arbeiten gehen musste.

Heute stand eine Verabredung für einen gemeinsamen Einkaufsbummel an. Mit 25 hieß das noch: Make-up und Dessous.

Heute heißt es nur noch: Windeln und Biogemüse. So ändern sich die Zeiten.

„Ja, ich werde absolut nicht kochen und putzen und sonst irgendwas machen. Das ist schon Luxus genug für mich."

Ben war mit den Kindern auf einem Camping-Trip. Gestern Morgen waren sie losgefahren und morgen Abend würden sie wiederkommen. Da ich heute noch arbeiten gewesen bin, konnte ich nicht mitfahren, aber ich war auch kein besonders großer Fan von Camping. Also hatte ich endlich mal meine Wohnung für mich. Auch wenn ich meine Kinder wirklich liebte, war es auch schön, sie mal nicht um mich zu haben.

„Ich versuche Markus ja auch immer dazu zu überreden, aber er hasst Camping", lachte Laura.

„Tja. Dafür hast du immer Ruhe, wenn deine Kinder in der Schule sind und dein Mann auf der Arbeit ist." Ich packte viel frisches Gemüse ein.

„Essen deine Kinder Zucchini?", fragte Laura, als sie sah, dass ich eine in meinen Korb legte.

„Ja", antwortete ich.

„Wow. Meine essen höchstens Paprika, Gurke und Tomate. Aber auch nur in rohem Zustand. Mit Zucchini brauche ich gar nicht erst ankommen."

Ich lachte. „Vielleicht ändert sich das ja noch", versuchte ich sie aufzumuntern, obwohl ich gehört hatte, dass sich das bei Kindern, die in der Kindheit schon kaum Obst und Gemüse aßen, später auch nicht änderte. Als wir gerade zur Kasse gehen wollten, sah ich jemanden zwischen den Regalen laufen, der mir bekannt vorkam.

Die blonden Haare, die starken Arme und das blaue Kapuzenshirt. Das war doch Phillip. Ich versuchte diesen Gedanken zu verdrängen − vielleicht war ich ja inzwischen auch nur paranoid − und stellte mich mit Laura in die Schlange.

Als die Kassiererin meine Sachen über das Magnetfeld gezogen hatte und ich bezahlen sollte, zog ich meine Bankkarte aus dem Portemonnaie.

Doch an meiner Karte klebte ein kleiner Zettel.

„Ich liebe dich", stand dort. Mein Herz fing an zu rasen. Das konnte nicht wahr sein. Wie hatte er das geschafft? Wann hatte er diesen Zettel daran geklebt? Hektisch sah ich mich im Laden um, aber ich konnte Phillip nirgendwo sehen.

„Angie? Alles ok?", fragte Laura.

Zerstreut sah ich sie an. „Ja", sagte ich dann, zog den Zettel von der Karte ab und schmiss ihn auf den Boden. Bevor wir den Laden verließen, sah ich mich noch einmal um, aber ich konnte Phillip nicht entdecken. Ich versuchte ruhig zu atmen, um nicht in Panik auszubrechen. Jeden Tag wachte ich morgens auf, mit einer Botschaft, die Phillip durch den Briefschlitz gesteckt hatte. Jedes Mal versteckte ich die Botschaften vor Ben. Und als ich heute Morgen aufwachte und nichts vorfand, war ich unglaublich erleichtert. Ich dachte schon, Phillip hätte endlich aufgegeben. Doch dem war offensichtlich nicht so. Ich hielt dieses Spiel langsam nicht mehr aus. Wer wusste schon, wie weit Phillip gehen würde. Stalker konnten wirklich gefährlich werden und ich wusste immer noch nicht, wie er in meine Wohnung gekommen war. Aber was hatte ich für Möglichkeiten? Wenn ich zur Polizei ging, würde Ben es sowieso mitbekommen. Egal, ob Phillip Bilder hatte oder nicht. Sobald die Polizei informiert war, würde es auch Ben erfahren. Meine andere Möglichkeit wäre es, ruhig zu bleiben, nichts zu unternehmen und mich damit eventuell in eine große Gefahr zu begeben.

„Angie bist du ok?", fragte Laura besorgt. Ich sah sie an.

„Du bist so blass und seit wir an der Kasse standen

redest du kaum noch."

Sollte ich es ihr erzählen? „Ich hab' einen Stalker", platzte es aus mir heraus.

„Was? Wirklich?" Laura sah mich entsetzt an.

„Ja. Ich hab Ben mit einem jungen Mann betrogen, der gerade unter uns eingezogen ist und der mich seitdem stalkt", erzählte ich ihr die ganze Geschichte kurz und schmerzlos.

Laura starrte mich eine Weile einfach nur an und ich konnte den Vorwurf in ihren Augen sehen, den sie mir jeden Moment machen würde.

„Du hast Ben betrogen?", schrie sie.

„Nicht so laut", zischte ich und sah mich um. Es war zwar sehr unwahrscheinlich, dass wir hier jemandem begegneten, der uns kannte, aber trotzdem war es mir unangenehm, wenn sie es so laut schrie.

Laura lief eine Weile stumm neben mir her und versuchte das Ganze zu verarbeiten.

„Was meinst du damit, dass er dich stalkt?", fragte sie schließlich.

„Ich finde überall Zettel und Geschenke von ihm. Sogar in unserer Wohnung hat er schon einen Zettel hinterlassen und ich hab' keine Ahnung, wie er da reingekommen ist. Er ruft mich ständig auf der Arbeit an und steht vor unserer Wohnungstür. Vorhin als wir an der Kasse standen, hab' ich einen Zettel an der Bankkarte gehabt. Und ich dachte, ich hätte ihn auch im Laden gesehen, aber da bin ich mir nicht sicher. Ich weiß nicht was ich machen soll."

Laura schüttelte den Kopf. „Tja. Ich sag dir was du

machen sollst. Du hast Mist gebaut und dazu musst du jetzt stehen.

Du solltest zur Polizei gehen und diesen Typen anzeigen. Und du musst es Ben beichten. Alles andere wäre dumm."

Deshalb war es gut, eine Freundin wie Laura zu haben. Sie war ehrlich und rückte einem gerne mal den Kopf zurecht.

„Wenn du willst komme ich mit. Wir gehen sofort zur Polizei und machen die Anzeige. Dann musst du nicht alleine gehen."

Ich atmete tief durch. Eigentlich wollte ich das nicht. Ich stellte mir Ben vor, wie er mich mit seinen braunen Augen traurig ansah. Das, was ich gemacht hatte, würde er bestimmt niemals tun. Ben war der treueste Mensch, den ich kannte. Es tat mir weh, dass ich ihn so verletzen musste, aber Laura hatte Recht. Einerseits war es das Richtige, Ben die Wahrheit zu sagen. Andererseits hatte ich wirklich Angst vor Phillip und würde mich deutlich wohler fühlen, wenn ich bei der Polizei gewesen war. Also nickte ich. „Ok, gehen wir zur Polizei."

„Hey Schatz", Ben gab mir zur Begrüßung einen Kuss auf den Mund, als er mit den Kindern nach Hause kam. Sie erzählten mir alles durcheinander, was sie erlebt hatten und ich verstand wie üblich, wenn sie aufgeregt waren, nur die Hälfte. Aber es freute mich, dass sie so einen Spaß hatten. Als sich die Beiden in ihre Zimmer verzogen hatten, setzte Ben sich einen Tee auf und ich drehte den Brief, den ich schon seit Ewigkeiten in den Händen hielt. Er war von der Polizei. Ich wusste noch nicht, was sie mir zu sagen hatten und traute mich auch nicht ihn zu öffnen. Vor allem wollte ich das Gespräch mit Ben endlich hinter mich bringen. „Ich war gestern bei der Polizei", startete ich das Gespräch und hatte damit, wie erwartet, seine sofortige Aufmerksamkeit.

Verwirrt sah er mich an. „Was ist passiert?", fragte er. „Ich werde seit einigen Tagen gestalkt", antwortete ich und hielt ihm den Brief hin. „Der Brief kam heute." Ben nahm ihn mir aus der Hand und riss ihn auf. „Es geht um den Typen, der gerade unter uns eingezogen ist", redete ich weiter, auch wenn ich mir nicht sicher war, ob Ben mir immer noch zuhörte. Er hatte den Brief bereits geöffnet und sich in das Dokument vertieft. Jetzt ärgerte ich mich, dass ich ihm den Brief ungeöffnet gegeben hatte. Ich hätte selber gerne gewusst, was darin geschrieben stand. „Hörst du mir zu?", fragte ich nach. Ben reagierte nicht. Das war noch nicht unbedingt ein Grund, sich Sorgen zu machen. Er reagierte meistens nicht, wenn man ihn ansprach, während er beschäftigt war. Trotzdem machte ich mir Sorgen, dass die Polizei in dem Brief etwas davon erwähnte, dass ich mit Phillip geschlafen hatte. Ich hatte die Hoffnung, dass Ben es mir eher verzeihen würde, wenn ich es ihm selber sagte. Ich versuchte seinen Gesichtsausdruck zu entziffern, wurde aber nicht besonders schlau daraus. Schließlich sah er auf und sah mich ziemlich entsetzt an. Mein Herz rutschte mir in die Hose und Schweiß trat mir auf die Stirn. Er wusste es. Es wurde im Brief erwähnt. Er wusste, dass ich fremd gegangen bin. „In welcher Wohnung soll der wohnen? Die direkt unter uns? Vorderhaus, 2. OG links?"

War das gerade seine dringendste Frage?

„Ja", antwortete ich kleinlaut.

Ben sah noch einmal auf den Brief und dann wieder zu mir. Sein Blick hatte sich gewandelt. Er sah nun besorgt und mitleidig aus. Was passierte hier? „In dieser Wohnung wohnt niemand", hörte ich Ben sagen. „Das hat die Polizei dir geschrieben. Sie wollten diesen Phillip vor Ort befragen, aber niemand war da. Die Hausverwaltung hat bestätigt, dass die Wohnung leer steht und es keinen Phillip in der Mieterliste gibt. Außerdem gab es wohl auch keinen Neueinzug seit 6 Monaten", erklärte er ruhig. Ich stand auf und riss ihm den Brief aus der Hand. Ich überflog die Seite. Ben hatte Recht. Das war es, was die Polizei mir zu sagen hatte? Was machten die denn für Recherchen? „Soll das jetzt etwa heißen, dass ich verrückt bin?", schrie ich, doch ich wartete gar keine Antwort ab. Ich schmiss den Brief auf den Tisch und rannte ins Schlafzimmer. Dort kramte ich die Geschichte von Phillip aus meinem Nachttisch und hielt sie Ben hin.

„Das hat er geschrieben"

„Das ist aber deine Handschrift", stellte Ben sachlich fest.

„Na schön" Ich rannte aus der Wohnung, die Treppe herunter und schlug an Phillips Wohnungstür. Mein

Herz raste. Ich konnte nicht glauben, was Ben mir versuchte zu erklären.

„Angie", hörte ich plötzlich Ben hinter mir sagen und erst dann hörte ich auf, gegen die Tür zu hämmern und drehte mich um. Tränen liefen mir über das Gesicht und ich sah durch sie hindurch zu Ben. Er hielt mir einen Zettel hin.

„Die Polizei hat sogar extra eine aktuelle Mieterliste der Hausverwaltung beigelegt. Die wurde vor drei Tagen aktualisiert. In dieser Wohnung wohnt niemand."

Ich nahm ihm die Liste aus der Hand und sah mir jeden Namen genau an. Kein Phillip. Und hinter der Wohnung, Vorderhaus 2.OG links, die mit einem Marker markiert worden war, stand in fetten Buchstaben: leer.

Entsetzt starrte ich die geschlossene Wohnungstür an. War ich verrückt? Hatte ich mir Phillip nur eingebildet? Nein, das konnte nicht wahr sein. Ich hämmerte erneut gegen die Wohnungstür, aber nichts rührte sich dahinter. Ich spürte, wie sich zwei Arme von hinten um meine Taille legten und fuhr erschrocken herum.

Es war nur Ben. Er zog mich an sich und ich schlang meine Arme ebenfalls um ihn. „Lass uns nach oben gehen", murmelte Ben durch meine Haare in mein Ohr. „Dann können wir in Ruhe über alles reden."

Aber ich war noch nicht bereit, mich zu bewegen. Dass Ben mich in seinen Armen hielt, tat gut und ich wollte nicht, dass er mich losließ. „Gleich", flüsterte ich deshalb zurück und schmiegte mich noch enger an ihn. Ich weiß nicht, wie lange wir so dastanden, aber irgendwann lösten wir uns tatsächlich voneinander und gingen hoch in die Wohnung. Ben wollte mit mir darüber reden, aber das konnte ich gerade nicht. Deshalb zog ich mich alleine ins Schlafzimmer zurück. Durch die Tür hörte ich, wie Ben sprach. Vermutlich telefonierte er. Wahrscheinlich versuchte er mich einweisen zu lassen. Mich kümmerte das nicht. Ich lag wie betäubt im Bett und starrte an die Decke. Wenigstens musste ich in der Klapse nicht mehr kochen und putzen. Ich versuchte mich an Phillip zu erinnern. Ich konnte ihn genau vor mir sehen, hatte seinen Duft in der Nase, spürte seine Lippen auf meinen und hatte seine verführerische Stimme in meinen Ohren. Natürlich gab es Phillip. Und das würde sich auch irgendwie beweisen lassen. Irgendwann würde Ben ihm begegnen und dann würde er sich schlecht fühlen, weil er gedacht hat, dass ich verrückt wäre. Denn das war ich nicht.

Nach einer Weile betrat Ben vorsichtig das Schlafzimmer. „Kann ich reinkommen?", fragte er.

„Ja", antwortete ich.

Er trat ein und setzte sich zu mir auf das Bett. Eine Weile saßen wir einfach nur schweigend da. Schließlich fragte ich: „Mit wem hast du telefoniert?"

„Ich hab' mich nur ein bisschen nach Behandlungsmöglichkeiten und der besten Vorgehensweise informiert. Ich wusste nicht, ob es dir recht ist, wenn ich deine Eltern anrufe, deshalb habe ich das noch nicht gemacht."

Ich stöhnte in ein Kissen, welches ich mir über das Gesicht zog. Ich habe es doch gewusst, dass Ben schon überlegte, mich einweisen zu lassen.

„Und was ist die beste Vorgehensweise?" Wollte er mich jetzt echt in die Psychiatrie schicken? Wo sollten Annika und Janik dann hin? Ben könnte im Leben nicht seinem Job nachgehen, sich um unsere Kinder kümmern und nebenbei noch den Haushalt schmeißen.

„Naja", setzte Ben vorsichtig an. „Schizophrenie wäre durchaus eine Möglichkeit. Dafür müsstest du ein paar Tests machen. Natürlich kann es auch sein, dass du nur überarbeitet bist und ein bisschen Ruhe brauchst. Ich würde trotzdem gerne, dass du einen Test machst. Nur um sicher zu gehen."

„Wir können das auch einfach abkürzen, in dem ich dir gleich sage, dass ich nicht schizophren bin", antwortete ich sturköpfig.

Ben ließ sich Zeit für die Antwort. Er schien sich seine Worte gut zu überlegen.

„Vielleicht bist du das ja auch gar nicht. Ich würde nur gerne sicher gehen, dass alles ok ist. Das ist alles."

„Nein!", schrie ich ihm entgegen, während ich aus dem Zimmer stürmte. Es verletzte mich, dass Ben kein Vertrauen in mich hatte. Und es verletzte mich, dass ich genau wusste, warum ihm meine Untersuchung so wichtig war. Nicht weil ich ihm wichtig war, sondern weil er Angst hatte, ich würde mich nicht mehr so gut um seine Kinder und den Haushalt kümmern können. Aber ich war vollkommen gesund und konnte mein Leben fortführen, wie bisher.

Erschöpft schleppte ich mich am nächsten Morgen aus dem Bett, um mich für die Arbeit fertigzumachen. Ich zog mir schnell etwas über und verließ das Schlafzimmer.

„Du musst nicht arbeiten gehen", hörte ich plötzlich Bens Stimme, als ich in die Küche kam. Ich erschrak und fuhr herum. Er saß an unserem kleinen Küchentisch und trank einen Kaffee.

„Was machst du denn noch hier?", fragte ich noch etwas verschlafen. Normalerweise ging Ben morgens schon sehr früh aus dem Haus und ich bekam ihn gar nicht mehr zu Gesicht.

„Ich wollte dich heute Morgen noch sehen. Wie gesagt, du musst nicht zur Arbeit gehen. Vielleicht tut es dir gut, wenn du dich mal ein bisschen ausruhen kannst."

Ich seufzte und wusch meine Hände, bevor ich anfing, die Brote für die Kinder zu schmieren. Wollte ich nur zu Hause herumsitzen und darüber nachdenken, ob ich verrückt war? Eher nicht.

„Nein, ich denke, ich geh' lieber arbeiten."

„Wie du willst." Ben trank in einem Zug den Rest seines Kaffees aus und wusch sogar noch seine Tasse ab, bevor er seine Tasche nahm und mir einen Kuss auf die Wange gab. „Da ist noch Kaffee in der Maschine, falls du auch welchen willst", sagte er und verließ das Haus.

An diesem Morgen musste ich vor der Arbeit keinen Stopp machen, um mir einen Kaffee zu holen.

Ansonsten fühlte sich alles an wie immer. Und das freute mich. Dass Ben mich für verrückt hielt, machte mich ganz schön fertig. Es war schön, von meinen Kollegen wieder normal behandelt zu werden. Gut gelaunt stoppte ich deshalb nach der Arbeit wieder in meinem Stammkaffee.

Ich bezahlte meinen Kaffee und ging nach Hause. Doch dort erwartete mich eine Überraschung, die mich meine positive Einstellung sofort wieder ablegen ließ. Wie immer achtete ich nicht besonders auf meine Umgebung, während ich in meiner Tasche nach den Wohnungsschlüsseln kramte und stolperte dabei über einen riesigen Blumenstrauß, der vor unserer Wohnungstür lag. Sofort wusste ich, dass er nicht von Ben war. Ben hatte mir schon seit Jahren keine Blumen mehr mitgebracht. Und wenn doch, dann würde er sie nicht vor die Tür legen. Mit zitternden Fingern hob ich den Strauß auf und fand eine kleine Karte darin. „Blumen für meine Blume. Phillip", stand darauf. Erschrocken ließ ich die Karte los und sah mich um. Ich konnte niemanden entdecken. Ich starrte die Blumen an. Echte, schöne, rote Rosen. Schnell betrat ich die Wohnung und schloss mich ein. Alleine fühlte ich mich im Treppenhaus auf einmal sehr unsicher. Das war doch der Beweis, dass ich mir Phillip nicht einbildete. Allerdings war es kein Beweis für Ben. Er würde denken, ich hätte die Blumen gekauft. Ich entschied mich, die Blumen zu entsorgen und den

Vorfall zu ignorieren. Wahrscheinlich würde sich das ganze Drama schon bald von selbst erledigen, sobald mein Mann Phillip begegnen würde.

„Hey, wie geht's dir?", begrüßte mich Ben, als er abends nach Hause kam. Ich lag unter einer Fleecedecke vor dem Fernseher und sah mir einen Krimi an. „Gut und dir? Du bist ja heute früh zuhause."

„Auch. Ja, ich wollte dich auf jeden Fall heute nochmal sehen. Hast du nochmal darüber nachgedacht, den Test zu machen oder wenigstens mit einem Therapeuten zu sprechen?"

Ich seufzte. „Meine Antwort hat sich nicht geändert", erwiderte ich kühl und schenkte ihm mein schönstes Lächeln.

„Hast du ihn heute gesehen?", fragte er vorsichtig nach.

Mein Lächeln verkrampfte sich, aber ich versuchte mit aller Macht es aufrecht zu erhalten. „Nein", antwortete ich. Das stimmte ja auch. Ihn hatte ich nicht gesehen. Nur Blumen, die angeblich von ihm stammten.

„Gut. Das ist sehr gut", murmelte Ben. Doch die Begeisterung hielt sich in Grenzen.

„Und war es ok, arbeiten zu gehen?" Er konnte es einfach nicht gut sein lassen. Mein Lächeln erstarb nun endgültig.

„Wieso nicht?", blaffte ich ihn an. „Mir geht es gut. Hör auf mich zu behandeln, als könnte ich mein Leben plötzlich nicht mehr händeln. Ich habe das bisher immer sehr gut hinbekommen."

„Ja natürlich", lenkte Ben sofort ein. Das ließ mich schon wieder aggressiv werden. Wenn er mich nicht für psychisch erkrankt halten würde, würde er jetzt mit mir diskutieren. Aber wahrscheinlich dachte er, ich wäre labil und er müsste mich schonen. Ich versuchte ihn einfach zu ignorieren und hoffte, dass er die Fragerei nun endlich satt war. Und das war er offensichtlich. Er ließ sich neben mir auf die Couch fallen und legte seinen Arm um mich.

„Ich versuche ab jetzt mehr Zeit für dich und die Kinder zu haben", versprach Ben. Dafür musste ich ihm ein Lächeln schenken. „Schaffst du das denn?"

„Ich werde es irgendwie müssen. Die ganze Sache hat mir ein bisschen klar gemacht, wie wenig Zeit ich für euch habe. Wenn du jetzt für eine Weile außer Gefecht gesetzt wärst, würde ich alleine mit den Kindern nicht klarkommen. Ehrlich gesagt weiß ich nicht einmal die Adresse von ihrer Schule. Und ich möchte das ändern."

Wow. Seit Jahren hatte ich mir gewünscht, diese Worte von ihm zu hören. Ich hatte ihn nie darauf angesprochen. Irgendwie war ich immer davon ausgegangen, dass wir unsere Ehe irgendwie aufgegeben hatten und nur noch nach außen das Bild einer Familie aufrechterhielten. Aber anscheinend hatte Ben mit unserer Ehe noch nicht abgeschlossen. Also warum sollte ich es tun?

„Kennen wir uns eigentlich irgendwo her?"

„Naja, Sie sind doch die Dame, die sich hier zweimal am Tag einen Kaffee holt?", scherzte der nette alte Mann aus dem Café und reichte mir meine tägliche Tasse, die ich mir nach der Arbeit gönnte.

Ich lachte. „Ich dachte, wir hätten uns vorher schon mal getroffen", sagte ich dann.

„Nicht dass ich wüsste", bekam ich als Antwort.

Ich schenkte ihm noch ein Lächeln, verabschiedete mich und machte mich auf den Weg nach Hause. Vielleicht irrte ich mich auch.

Als ich am nächsten Tag nach Hause kam, erwartete mich wieder eine Überraschung. Allerdings war diesmal Ben dafür verantwortlich. Ich hörte meine Kinder schon durch die geschlossene Wohnungstür schreien. Als ich die Wohnung betrat, sah ich meine Eltern im Wohnzimmer sitzen. Meine Mutter verteilte Süßigkeiten an die Kinder und mein Vater erzählte Ben etwas. Dabei handelte es sich mit Sicherheit um Anekdoten aus meiner Kindheit.

„Hallo!", rief ich laut in die Runde, um das Geschrei der Kinder zu übertönen.

„Schätzchen!" Meine Mutter stand auf und umarmte mich herzlich. „Wie geht's dir?"

„Gut", antwortete ich selbstbewusst. Doch ich wusste, dass ich dem Thema nicht ausweichen konnte. Ben hatte meine Eltern herbestellt, um ihnen von meinem Problem zu erzählen. Es wäre definitiv nett gewesen, mich vorzuwarnen.

„Schatz, wenn du Hunger hast, ich hab' was gekocht", sagte meine Mutter.

„Ja, danke, vielleicht gleich." Auch mein Vater umarmte mich und dann setzte ich mich zu ihnen auf die Couch.

„Also, wieso seid ihr hier? Ich kann mich nicht erinnern, dass wir verabredet waren."

„Na, da freut sich ja jemand uns zu sehen", meckerte meine Mutter mit beleidigtem Unterton.

„Nein, ich freue mich euch zu sehen", versicherte ich ihr. „Das ist nur so überraschend."

„Ben hat uns eingeladen", erzählte meine Mutter.

„Ja, du hattest so viel Stress in letzter Zeit. Ich dachte, etwas Zeit mit der Familie täte dir gut. Außerdem bleibt dir etwas Hausarbeit erspart, wenn deine Mutter hier ist", mischte sich Ben ein. Das Letzte war natürlich scherzhaft gemeint, auch wenn etwas Wahres daran war.

„Echt? Das ist ja nett." Ich strahlte meinen Ehemann an und ich war tatsächlich glücklich, denn es schien, als hätte er meinen Eltern noch nichts von den Problemen erzählt. Trotzdem traute ich dem Ganzen noch nicht. Er wollte mit Sicherheit, dass ich es meinen Eltern erzähle. Welchen anderen Grund könnte er haben sie einzuladen. Bestimmt nicht, weil er fand, dass ich in letzter Zeit so viel Stress hatte. Den hatte ich zwar schon, aber da ging es Ben ja auch nicht anders.

Ich verschwand in die Küche und tat mir etwas zu Essen auf den Teller. Mit einem noch immer mulmigen Gefühl im Magen setzte ich mich wieder zu meiner Familie ins Wohnzimmer.

„Guck mal Mama" Annika hielt mir ihre beiden kleinen Hände voller Schokolade und Gummibärchen hin. Ich lächelte etwas gequält. „Aber nicht alles auf einmal essen", warnte ich sie. Ich konnte es nicht leiden, wenn meine Mutter die beiden so mit Zuckerzeug zu schüttete. Ich achtete immer so gut auf deren Ernährung und dann kam meine Mutter und brachte alles durcheinander.

„Ich hoffe du hast nicht noch mehr", raunte ich meiner Mutter zu.

„Nur noch was für euch beide", antwortete meine Mutter und zog eine große Pralinenschachtel aus ihrer Tasche.

„Danke Mutti", ich gab ihr einen Kuss auf die Wange und reichte die Pralinen an Ben weiter, der sie sicher verstaute.

Bis ich aufgegessen hatte, habe ich mich nett mit meinen Eltern unterhalten. Das hatte ich vermisst, aber ich traute dem Frieden noch immer nicht. Und ich wollte jetzt endlich wissen, was Sache war. Als Ben also in die Küche verschwand, stand auch ich auf und folgte ihm.

„Wann willst du es ihnen sagen?", platzte es aus mir heraus.

„Ihnen was sagen?", fragte Ben, während er anfing ein paar Teller abzuspülen. Er spülte freiwillig ab? Warum war er überhaupt schon so früh zu Hause? Versuchte er wirklich ein besserer Ehemann und Vater zu werden?

„Dass ihre Tochter verrückt ist", gab ich ihm als

Antwort.

Ben lächelte mich schwach an. „Nein, das war nicht der Grund, warum ich sie eingeladen habe."

„Wirklich? Warum hast du sie dann eingeladen?" Ich konnte es kaum glauben.

Ben seufzte. „Du bist gerade in einer schwierigen Situation." Schöne Umschreibung. „Und um das zu überwinden, darfst du keinen Stress haben und brauchst deine liebsten Menschen um dich."

„Und wieso bist du eigentlich plötzlich immer so früh zu Hause? Ich dachte du hast so viel Stress auf der Arbeit und kannst nicht früher gehen", beschwerte ich mich. Ich fühlte mich hintergangen. Hatte er die Arbeit etwa immer nur vorgeschoben?

„Ich hab' mit meinem Chef vereinbart, dass er mir eine Woche gibt, in der ich immer pünktlich gehen kann. Ich hatte eigentlich gehofft, dass wir danach eine Reinigungskraft einstellen könnten. Ich hab' auch schon jemanden gefunden." Er strahlte mich hoffnungsvoll an, aber ich starrte verständnislos zurück.

„Was soll das? Warum erzählst du mir das alles erst jetzt? Traust du es mir nicht mehr zu, Entscheidungen zu treffen?", fuhr ich ihn an.

Ben war etwas verwirrt. Er trocknete gerade den letzten Teller ab und stellte ihn zu den anderen.

„Nein, ich wollte dich nur nicht damit belasten. Du sollst dich entspannen können."

„Wie soll ich mich denn entspannen, wenn du mir alles verheimlichst? Es wäre schön zu wissen, dass du vorhast für nächste Woche eine Reinigungskraft einzustellen. Das wäre doch kein unnötiger Stress für mich, sondern eine wichtige Entscheidung, die wir beide zusammen treffen sollten. Können wir uns das überhaupt leisten?"

„Ok, tut mir leid. Nächstes Mal weihe ich dich ein. Die Reinigungskraft kommt dann zweimal die Woche, und ja, wir können uns das leisten. Darauf hab' ich natürlich geachtet."

Ich atmete tief ein, um mich zu beruhigen. Vielleicht hatte er es ja wirklich nur gut gemeint. Ich wollte aber nicht wie eine unzurechnungsfähige Person behandelt werden, die nicht mehr in der Lage ist, alleine zu leben. Warum hatten wir eigentlich nicht schon früher mal daran gedacht, eine Reinigungskraft einzustellen?

„Jetzt geh schon zu deinen Eltern und bitte entspanne dich endlich mal", forderte Ben mich auf. Wahrscheinlich hatte er Recht. Seit Jahren wünschte ich mir, dass er endlich mal weniger arbeitete und mir bei der Hausarbeit half und jetzt, wo er es tat, passte es mir nicht. Ich wünschte mir nur, er würde das alles nicht nur machen, weil er mich für verrückt hielt.

Gerade hätte ich wieder einen anstrengenden Arbeitstag hinter mir und erinnerte mich lächelnd an den gestrigen Tag, als mein klingelndes Handy mich aus meinen Gedanken riss. Es war Laura. Ich nahm das Gespräch an, ohne groß darüber nachzudenken. Erst als Laura ganz aufgeregt fragte: „Hat die Polizei

schon was unternommen wegen deinem Stalker?",
bereute ich es. Ganz bestimmt wollte ich ihr jetzt
nicht die Wahrheit erzählen. „Ich weiß nicht genau",
stammelte ich stattdessen. „Bei mir haben sie sich
auf jeden Fall noch nicht gemeldet."

Laura stöhnte am anderen Ende der Leitung. „Die
haben das nicht richtig ernst genommen. Ich wusste
es doch. Wenn du heute nichts von denen hörst, melde
dich da nochmal. Mach denen ruhig ein bisschen
Feuer unterm Arsch. Hast du eigentlich schon Ben
davon erzählt?"

Ich presste meine Lippen zusammen und überlegte
verzweifelt, was ich sagen sollte. Schließlich entschied
ich mich für „Nein".

Laura stöhnte schon wieder am anderen Ende der
Leitung. „Ich weiß ja, dass es schwer ist. Ich will mir
gar nicht vorstellen, in was für einer beschissenen
Lage du dich befindest, aber er wird es so oder so
rausfinden. Also sag es ihm lieber selbst."

Ich seufzte. „Ja, ich sag es ihm. Versprochen."

„Gut. Kann ich dir dabei irgendwie helfen?", bot
sie noch an.

„Nein, danke", antwortete ich. „Du hast mir schon
echt gut geholfen. Ich ruf dich an, wenn ich es ihm
gesagt habe."

„Alles klar. Viel Glück Süße."

Ich verabschiedete mich noch von ihr und legte auf.
Viel Zeit hatte ich nicht, bis sie wieder ungeduldig
werden und wissen wollen würde, ob ich es ihm
endlich gesagt hätte. Vielleicht sollte ich ihr einfach

mitteilen, dass er sehr enttäuscht war, mir letztendlich aber verziehen hatte. Damit würde sie sich vielleicht zufriedengeben. Ich betrat die Wohnung und fing direkt an zu kochen. Meine Kinder waren unerträglich, wenn sie nach Hause kamen und das Essen nicht fertig war. Also beeilte ich mich mit dem Essen und wurde genau rechtzeitig fertig, als Janik die Wohnung betrat. Allerdings ohne seine ältere Schwester. „Wo ist Annika?", fragte ich direkt nervös. „Die ist noch zu Katharina gegangen", erzählte mir Janik, während er seine Schultasche abstellte und sich direkt an den Tisch setzte.

Ich seufzte. Schon tausend Mal hatte ich Annika gesagt, sie solle immer fragen, bevor sie einfach zu einer Freundin ging.

Nachdem ich Janik sein Essen vorgesetzt hatte, entschied ich mich direkt, Annika abzuholen. Natürlich hätte sie den Tag gerne bei ihrer Freundin verbringen können, wenn sie sich an meine Regeln halten würde. Strafe musste sein.

Ich setzte mich ins Auto und fuhr los. Natürlich war Annika ganz und gar nicht begeistert, als ich vor der Tür stand. Den ganzen Weg nach Hause schwieg sie mich an und verschränkte wütend ihre Arme vor der Brust. Erst als wir das Haus betraten, fing sie an zu reden.

„Das ist so gemein von dir", schmollte sie. „Du versaust mir immer alles im Leben."

Ich atmete einmal tief durch. Natürlich wusste ich, dass Kinder solche Sachen oft unbedacht sagten, aber das änderte nichts daran, dass es weh tat. Ich reagierte einfach nicht auf ihre Anschuldigung und wir schwiegen uns wieder an.

Erst eine ganz bestimmte Stimme ließ mich wieder hochschrecken.

„Angie", hörte ich ihn hinter mir sanft sagen. Ich drehte mich um und da stand Phillip.

„Lass mich in Ruhe", antwortete ich.

„Rede doch wenigstens mit mir. Du kannst mich nicht für immer ignorieren."

„Doch, wenn du mich endlich in Ruhe lässt", murmelte ich.

„Du verlässt deinen Mann nicht. Ok. Aber das heißt doch nicht, dass wir nicht befreundet sein können."

Ich lachte auf. „Dann kannst du dich ja auch mal meinem Mann vorstellen. Der denkt schon ich bin verrückt."

„Kein Problem. Ich komme bei euch zum Essen vorbei", schlug Phillip hastig vor.

„Nein", schrie ich ihn an. „Bleib mir einfach fern!"

„Mama?" Die junge verängstigte Stimme meiner Tochter ließ mich herumfahren. Sie war ein paar Schritte zur Seite gegangen und sah mich angsterfüllt an.

„Alles ist gut Schatz", murmelte ich zerstreut und drückte ihr die Wohnungsschlüssel in die Hand. „Geh schon mal hoch. Mama kommt gleich." Ich versuchte mich an einem Lächeln, aber ich war mir nicht sicher, ob es überzeugend war. Annika zögerte, doch dann ging sie die Treppe hoch. Ich wandte mich an Phillip. „Halte dich von mir und meiner Familie fern, sonst wende ich mich nochmal an die Polizei."

Diesmal lachte Phillip auf. „Die unternehmen doch eh nichts."

Ich funkelte ihn nur böse an, drehte mich schließlich um und ging nach oben. Noch bevor ich die Wohnungstür erreichte, klingelte mein Handy. Es war Ben.

„Wo bist du?", hörte ich seine aufgeregte Stimme, als ich den Anruf annahm.

„Vor der Wohnungstür", antwortete ich leicht verwirrt und betrat die Wohnung.

„Kannst du mir erklären, warum unsere Tochter mich anruft und mir erzählt, dass ihre Mutter im Treppenhaus Selbstgespräche führt?"

Wie angewurzelt blieb ich stehen. Selbstgespräche? Meine Gedanken kreisten in meinem Kopf rasend schnell umher. Selbstgespräche? Das konnte nicht sein. Ich war nicht verrückt. Oder doch? Ich dachte, Annika hätte Angst bekommen, weil ich geschrien habe. Hatte sie in Wirklichkeit Angst bekommen, weil ich mit mir selbst geredet hatte? Hatte Ben die ganze Zeit Recht gehabt?

„Angie, was ist passiert?", fragte Ben nach.

„Ich hab' mit Phillip geredet", antwortete ich kleinlaut. Ben seufzte. Jetzt fühlte er sich bestätigt. „Würdest du denn inzwischen einwilligen, mit einem Therapeuten zu sprechen?"

„Lass mich zuerst mit Annika reden. Vielleicht ist das alles nur ein Missverständnis."

„Nein", bestimmte Ben. „Warte, bis ich zu Hause

bin. Wir reden zusammen mit ihr. Sie ist ein bisschen ängstlich und ich glaube, es ist nicht so gut, wenn du jetzt alleine mit ihr redest."

„Ok, bis gleich." Ich legte auf und ließ mich auf das Sofa fallen. Eine plötzliche Müdigkeit überkam mich und ich schloss für einen Moment meine Augen. Kurz darauf fiel ich in einen tiefen Schlaf. Meine Tochter hatte Angst vor mir? Ich spürte, wie eine langsame Welle der Verzweiflung mich überspülte. Alles, was ich die letzten Tage versucht hatte zu leugnen, schien sich auf einmal zu bewahrheiten—und das nahm mir plötzlich all meine Kraft. Ich sank in mich zusammen und versuchte die Tränen zu unterdrücken, die in mir aufstiegen.

„Beschreiben Sie ihn mir", forderte mich der bärtige Mann mir gegenüber auf. Es war der Therapeut, den Ben für mich rausgesucht hatte. Ich hatte letztendlich zugestimmt, mich mit ihm zu treffen. Nachdem Annika stur behauptete, sie hätte Phillip nicht gesehen, hatte auch ich angefangen, an mir zu zweifeln. Ich saß in einem Sessel, in einem gemütlichen kleinen Zimmer. Alles war darauf ausgerichtet, dass ich mich wohl fühlte. Und das würde ich auch, wenn nicht gerade alle denken würden, dass ich verrückt war.

Ich zuckte die Schultern. „Er ist etwa 1,80 m groß, muskulös, hat blonde Haare." Ich überlegte, wie ich ihn noch beschreiben könnte, aber das waren die einzigen Sachen, die mir bei Phillip immer ins Auge gestochen waren.

„Und Sie sind sich absolut sicher, diesen Mann noch nie vorher gesehen zu haben?", fragte er nach.

Ich überlegte nochmal. Vielleicht hatte ich ihn irgendwann mal gesehen. Aber definitiv konnte ich mich nicht daran erinnern ihn jemals gesehen zu haben, also nickte ich als Antwort.

„Ihr Mann meinte am Telefon, Sie haben viel Stress?"

„Nein", antwortete ich hastig. „Wir haben inzwischen eine Reinigungskraft eingestellt und mein Mann hilft auch etwas im Haushalt und mit den Kindern, wenn er kann."

„Gut."

Es folgten weitere Fragen, die ich versuchte, so gut wie möglich zu beantworten. Auch, wenn mein Therapeut ein wirklich netter Mann war, kam ich mir vor, wie bei einem Verhör. Schließlich ließ er mich gehen, wollte aber unbedingt einen weiteren Termin vereinbaren.

Zu meiner Überraschung saß Ben vor der Tür.

„Was machst du denn hier?"

„Dich abholen." Er stand auf und gab mir einen kurzen Kuss auf den Mund.

„Herr Markmanm. Kann ich Sie noch einmal kurz sprechen?", wandte mein Therapeut, Herr Meier, sich an Ben.

„Aber klar!" Und schon verschwanden Ben und Herr Meier im Besprechungsraum.

Was hatte mein Therapeut denn mit meinem Mann zu besprechen? Es ging doch sicherlich um mich. Oder hatte Ben etwa auch Probleme, die er mit einem

Therapeuten besprechen wollte? Vielleicht, dass er zu viel Stress auf der Arbeit hatte? Obwohl ich mir nicht genau vorstellen konnte, wie ein Therapeut dabei helfen konnte. Außerdem konnte er doch auch alle seine Probleme mit mir besprechen. Nach etwa fünf quälend langen Minuten kam Ben schließlich wieder raus. Ich sprang direkt auf und wartete, ob er mir etwas erzählen wollte. Sein Gesicht sagte mir, dass er eine sehr schockierende Nachricht erhalten hatte. „Was ist los?", fragte ich schließlich, als er es mir nicht von selbst erzählte.

„Nichts", antwortete Ben schnell und brachte seine Gesichtszüge wieder unter Kontrolle. „Lass uns nach Hause fahren. Wie war die Sitzung?"

Ich ging gar nicht auf seine Frage ein. „Du sahst so schockiert aus. Was hat er dir erzählt?", wollte ich wissen.

Ben machte eine lange Pause, bevor er antwortete. „Schockiert war ich eigentlich nicht. Wir haben nur über unsere Situation gesprochen. Er fand es gut, dass wir jetzt eine Reinigungskraft eingestellt haben und hat mir nochmal erzählt, wie wichtig es ist, dass du so wenig Stress wie möglich hast."

Lüge!, schrie es in mir. Ben konnte gut lügen, aber diesmal ist ihm keine besonders gute Lüge eingefallen. „Das hätte er doch auch in meiner Gegenwart machen können."

Ben zuckte nur mit den Schultern. „Eigentlich schon. So, aber jetzt erzähl' mal wie deine Sitzung war."

Ich erzählte ihm ein bisschen, war mit den Gedanken

aber ganz woanders. Ich dachte, unsere Ehe hätte sich verbessert. Also warum hatte er noch immer Geheimnisse vor mir und log mich an? So stellte ich mir eine gute Ehe nicht vor.

Zwei Stunden später grübelte ich noch immer über die Sitzung mit meinem Therapeuten. Das Gespräch hatte mich aufgewühlt. Obwohl ich mich nicht wirklich auf die Sache hatte einlassen wollen, war ich so ehrlich gewesen, wie schon lange nicht mehr. Ich räumte gerade den Tisch ab, als mein Handy klingelte. Es war Laura. Ich legte mein Handy zur Seite, ohne den Anruf anzunehmen. Ich wollte ihr die Wahrheit sagen, wenn ich das nächste Mal mit ihr sprach. Aber noch nicht jetzt. Ich wusste ja selber noch nicht einmal, was die Wahrheit war. Ich wollte diesen Spuk mit Phillip aufklären, bevor ich Laura etwas erzählte. Aber da die untere Wohnung ja offensichtlich doch nicht von Phillip bewohnt war, konnte ich Ben auch nicht einfach am Arm packen und hinunter bringen, um ihm Phillip vorzustellen. Ich wusste nicht, wo Phillip wohnte und warum er so tat, als würde er in diesem Haus wohnen. Und ehrlich gesagt, kam mir alles, was mit Phillip zu tun hatte, so verrückt vor, dass ich langsam ernsthaft in Betracht zog, dass Ben recht hatte und ich verrückt war. Die ganze Sache verwirrte und stresste mich und ich wünschte mir nichts sehnlicher, als dass endlich alles ein Ende fand.

Relativ entspannt schlenderte ich am nächsten Tag von der Arbeit nach Hause. Es war der erste richtige sonnige Tag im Jahr und das machte mir immer gute Laune. Zum Essen würde es heute Kartoffeln mit Quark geben, was zum Glück nicht viel Arbeit bedeutete. Und geputzt hat heute schon die liebe Lucia. Deshalb hatte ich heute keinen Stress nach der Arbeit. Entspannt betrat ich den Hausflur. Vielleicht könnte ich mich, wenn das Essen fertig war, sogar noch ein bisschen in die Sonne legen.

Ich war schon im dritten Stock angelangt, als plötzlich Phillip aus seiner Wohnungstür kam. Hatte er etwa vor dem Türspion auf mich gewartet? Oder gab es ihn gar nicht und ich bildete mir das nur ein? Was auch immer. Beide Möglichkeiten waren irgendwie unheimlich.

„Warum warst du bei einem Therapeuten?", fragte er ganz direkt.

„Woher weißt du das?" Meine Stimme zitterte etwas. Aus irgendeinem Grund war mir Phillip heute besonders unheimlich.

„Zwingt er dich dazu?" Phillips Stimme war hart und ernst. Der unsichere und traurige Phillip von unserer letzten Begegnung schien nie existiert zu haben. Vielleicht existierte er ja wirklich nicht.

„Er denkt, du existierst nicht, und dass ich verrückt geworden bin", antwortete ich ehrlich.

Phillip lachte. „Ich werde dich jetzt endlich von ihm befreien", grummelte er und ging die Treppen hinunter. Als ich ihm hinterher sah, fiel mir plötzlich etwas metallisch Glitzerndes in seiner rechten Hand auf. Ein Messer. Für einen Moment fiel es mir schwer zu atmen und ich verspürte den starken Drang, nach oben zu rennen und mich in der Wohnung einzuschließen. Aber im nächsten Moment dachte ich an Ben. Phillip wusste, dass ich gestern beim Therapeuten war, das hieß, er verfolgte mich. Es war nicht unwahrscheinlich, dass er wusste, wo Ben und ich arbeiteten. Er war auf dem Weg zu Bens Arbeit, um ihm etwas anzutun. Ich widerstand dem Drang mich zu verstecken und rannte nach oben, um mir ebenfalls ein Messer zu nehmen und rannte wieder runter zur Haustür. Ich sah Phillip nur zwei Meter von ihr entfernt in die richtige Richtung laufen. Ich wollte gerade mein Handy aus der Tasche holen, um Ben anzurufen, als ich ihn auf der anderen Straßenseite sah. Vor lauter Erleichterung rannte ich los. Ich achtete nicht auf die Autos, als ich die Straße überquerte. Genauso wenig wie auf die verschreckten Passanten, die mir auswichen, als sie mich mit dem Messer sahen. „Ben", schrie ich vor lauter Erleichterung. Dann fiel ich ihm in die Arme. Er erwiderte die Umarmung. „Was ist los?", fragte er.

Ich löste mich von ihm und wollte ihn ins Haus zerren. „Bitte, lass uns schnell reingehen. Phillip will dir was antun", flehte ich ihn an. Aber alles was sich daraufhin in seinem Gesicht regte, war Mitleid. „Schatz, ich dachte, wir hätten das schon geklärt."

„Bitte, komm einfach. Wir können gleich darüber reden!" Ich zerrte weiter an ihm, aber er bewegte sich nicht.

„Nein. Ich kläre das. Wo ist er?"

Für einen Moment war ich verwirrt. Mit dieser Reaktion hatte ich jetzt als Letztes gerechnet. Dann drehte ich mich um und suchte die gegenüberliegende Straßenseite ab. Ich konnte ihn nicht sehen. War er wirklich zu Bens Arbeitsplatz gefahren? Ich suchte mit meinem Blick überall nach ihm, aber ich konnte ihn nicht finden.

„Ich sehe ihn nicht mehr." Meine Aufregung legte sich augenblicklich. Jetzt konnten wir in Ruhe nach oben gehen und die Polizei rufen. Ben würde nichts passieren.

„Lass uns nach oben gehen." Ich zog wieder an Bens Hand und diesmal kam er mit mir. Wir gingen in die Wohnung und ich schloss sorgfältig die Tür hinter uns ab. „Wir müssen sofort die Polizei rufen. Er hatte ein Messer", erzählte ich Ben.

„Ich mach das schon. Leg du dich ein bisschen hin."

„Aber du weißt doch gar nicht die Einzelheiten", widersprach ich.

„Ich weiß genug Einzelheiten. Du brauchst jetzt erst mal etwas Ruhe nach der ganzen Aufregung."

Ich überlegte kurz, aber dann beschloss ich ihm zu trauen und schlich ins Schlafzimmer. Ben schloss die Tür hinter mir zu und ich fiel ins Bett. War es wirklich nötig, dass ich mich jetzt hinlegte? So viel Aufregung war das jetzt auch wieder nicht gewesen. Ich lauschte, was Ben der Polizei erzählte. Doch als ich die Worte „panisch" und „einweisen" hörte, sprang ich wieder aus dem Bett. Der Arsch hatte mich angelogen. Er dachte noch immer, ich wäre psychisch krank und wollte mich einweisen lassen. Ich zog einen Koffer aus dem Schrank und versuchte dabei möglichst keinen Laut zu machen. Ben durfte mich nicht erwischen. Ich musste erst mal hier weg und irgendeine Bleibe finden. Dann würde ich die Kinder holen. Ben konnte ich nie wiedersehen. Ich konnte ihm nie wieder trauen. Er würde mich nur bei der erstbesten Gelegenheit für verrückt erklären. Ich stopfte wahllos Pullover, Hosen und Unterwäsche in einen kleinen handlichen Koffer. Er musste klein sein, denn ich würde mit ihm aus dem Schlafzimmerfenster klettern. Ich zog den Koffer gerade vorsichtig zu, als sich plötzlich die Schlafzimmertür öffnete. Erschrocken starrte ich in Bens Gesicht. Ich überlegte, was ich noch für Möglichkeiten hatte. Aber mir fiel keine mehr ein. Er wusste sofort, dass ich abhauen wollte.

„Willst du weg?", fragte er scheinheilig. Ich schüttelte nur den Kopf, denn ich hatte Angst, dass meine Stimme zittern würde, wenn ich etwas sagte.

„Gib mir ein paar Minuten dir etwas zu erklären. Bitte", sagte er dann.

Ich stand nur da und bewegte mich nicht. Ben holte seinen Laptop aus dem Wohnzimmer und tippte etwas ein. Dann stellte er den Laptop auf das Bett, sodass ich den Bildschirm sehen konnte und entfernte sich etwas, als wäre ich ein scheues Tier. Misstrauisch beäugte ich den Bildschirm. Ein großes Bild von

Phillip war darauf zu sein. Nur, dass seine Augen durch einen schwarzen Balken unkenntlich gemacht worden waren.

„Ist das Phillip?", fragte Ben.

Ich nickte und Ben ließ den Kopf ein wenig sinken, als hätte er gerade eine schlechte Nachricht bekommen, mit der er zwar gerechnet, aber von der er bis zu diesem Punkt gehofft hatte, sie wäre nicht wahr.

„Das ist Phillip Wagner. Er existiert. Du hast ihn damals kennengelernt, als du 7 Jahre alt warst."

„Woher willst du das denn wissen?", blaffte ich ihn an. Ich war verärgert darüber, dass er so tat, als wäre ich nicht zurechnungsfähig und als wüsste er mehr über mein eigenes Leben, als ich.

„Herr Meier hat den Fall von Phillip Wagner damals verfolgt und hatte deinen Namen noch im Gedächtnis. Er hat mich darauf gestoßen und deine Mutter hat es bestätigt."

„Welche Geschichte?", fragte ich noch immer pampig. Insgeheim hatte ich die Hoffnung, ich würde doch noch einen Weg finden, um unbemerkt zu verschwinden.

„Er war für kurze Zeit euer Nachbar. Als du 7 Jahre alt warst. An dem Tag, als er einzog, hast du dich mit ihm unterhalten und ihm erzählt, dass du Germanistik studieren und dann eine berühmte Schriftstellerin werden möchtest. Er hat dir daraufhin erzählt, dass er gerade dabei ist, Germanistik zu studieren und auch schon einiges selber geschrieben hat und wollte dir etwas davon zeigen. Um es kurz zu machen, du bist mit ihm in seine Wohnung gegangen und er hat dich sexuell missbraucht."

Ben machte eine kurze Pause. Vielleicht dachte er, ich hätte dazu Fragen oder müsste das erst verdauen. Ich starrte auf den Computerbildschirm und überlegte, ob an der Geschichte etwas dran sein könnte, bis Ben weiterredete.

„Ich weiß nicht, ob Phillip jemals vorhatte dich wieder gehen zu lassen, aber du hast es irgendwie geschafft zu fliehen. Du hast alles deiner Mutter erzählt und sie hat sofort die Polizei eingeschaltet. Doch als die Polizei dich einen Tag später dazu befragt hat, hast du behauptet, du würdest dich nicht daran erinnern und es wäre nie passiert. Du hast die Erinnerung verdrängt. Daraufhin konnte die Polizei natürlich nichts unternehmen und deine Eltern sind mit dir weggezogen. Ein paar Jahre später stand Phillip Wagner vor Gericht, weil er ein 9-jähriges Mädchen sexuell missbraucht hat. Er bekam 5 Jahre Haft. Während der Fall durch die Medien ging, wurde auch sein Name erwähnt. Dass deine Eltern ihn auch schon bei der Polizei angezeigt haben, du im Nachhinein aber alles geleugnet hast. Herr Meier fand das damals schon sehr interessant und hatte deine Eltern kontaktiert, um ihnen eine Therapiestunde für dich anzubieten, doch sie wollten dich nicht zu einem Therapeuten schicken. Sie dachten, es wäre besser, wenn du die Erinnerung verdrängst und denkst, es wäre niemals passiert, statt dass in mehreren Therapiestunden alles wieder aufgewühlt wird"

Ich schluckte schwer. Das war eine verrückte Geschichte und ich wollte sie nicht glauben. Ich klickte auf dem Bildschirm des Laptops herum und landete auf einem Bericht über die Gerichtsverhandlung von Phillip Wagner. Auch mein Name tauchte auf. Alles, was Ben erzählt hatte, stimmte. Eine Weile stand ich schweigend da und wusste nicht, wie ich diese Information verarbeiten sollte.

„Warum hast du mir das nicht erzählt?", warf ich Ben dann vor. Seinen Erzählungen nach, wusste er es seit gestern. Ich hatte ihn nach meinem Besuch beim Therapeuten gefragt, was er ihm noch erzählt hat und er hatte mich angelogen.

„Ich wollte erst mit deinen Eltern sprechen und etwas recherchieren, ob die Geschichte wirklich stimmt. Und dann war ich mir nicht sicher, wie ich es dir sagen sollte."

Erschöpft setzte ich mich auf das Bett. Ich klickte auf dem Laptop weitere Fenster zurück und landete auf der Seite, auf der Ben nach dem Namen Phillip Wagner gegoogelt hatte. Ich klickte einen neueren Artikel an, in dem es um frühere Straftaten ging. Er handelte hauptsächlich von mir. Es wurde spekuliert, ob ich eingeschüchtert wurde oder die Erinnerung tatsächlich verdrängt hatte. Am Ende des Artikels zeigten sie ein Bild von Phillip Wagner. Doch nicht im jungen Alter von 25 Jahren. Wahrscheinlich war das Bild der ausschlaggebende Punkt, einzusehen, dass Ben recht hatte. Ich starrte ewig auf das Bild, in der Hoffnung, ich hätte mich verguckt. Aber Nein – es war der nette Verkäufer aus meinem Stammcafé.

Damit ergab auch alles einen Sinn. Seit ich das erste Mal den neuen Verkäufer gesehen hatte, war Phillip bei uns eingezogen.

Dadurch, dass ich ihn wiedergesehen hatte, hat sich mein Unterbewusstsein erinnert und Phillip zurück in mein Leben geholt. Nach dieser Erkenntnis fühlte es sich an, als würde ich mich im freien Fall befinden: „Du hattest Recht. Ich hab' Probleme", gab ich zu. Ben umarmte mich und das half tatsächlich. Seine Umarmung fühlte sich an wie ein kleiner Halt.

„Wir kriegen das hin. Ich bin für dich da", versprach Ben. Ich klammerte mich an ihn, bis es an der Tür klingelte. Jetzt ging es für mich wohl in die Nervenklinik.

Verlass mich nicht

Wie betäubt hielt ich noch immer die kalte Hand meiner Mutter. Sie war schon vor Stunden in diesem Krankenhaus gestorben. Als ich hörte, dass sie im Krankenhaus war und es ihr schlechter ging, war ich sofort losgefahren. Doch ich hatte sie nicht mehr lebend gesehen. Ich tröstete mich mit dem Gedanken, dass sie mit ihren 83 Jahren ein gutes Alter erreicht und ein schönes Leben gelebt hatte. Doch so richtig half das nicht. Was auch immer ich mir einredete, ich würde sie nie wiedersehen. Ihre Augen waren geschlossen und sie sah sehr friedlich aus. Ich hasse den Tod, dachte ich bitterlich. Er nahm einem jeden einzelnen geliebten Menschen. Ich versuchte meine Wutträne zu unterdrücken und sah mich in dem schlichten Krankenhauszimmer um. Das kleine Einzelzimmer, in dem ich hier mit meiner Mutter saß, hatte sie auch nur bekommen, weil die wussten, dass sie nur noch ein paar Stunden leben würde. Ich roch den typischen Krankenhausgeruch, den ich als Kind immer gehasst habe.

Mein Mann, Rolf, legte seinen Arm um mich. Seit etwa 20 Minuten war auch er hier.

„Wo ist deine Schwester?", fragte er. Eigentlich habe ich auch mal eine Schwester gehabt. Aber seit ich 30 war, hatte ich nichts mehr von ihr gehört. Sie plagten viele Drogen- und Alkoholprobleme und irgendwann war sie komplett untergetaucht. Ich zuckte als Antwort nur mit den Schultern. Vielleicht war sie ja auch schon längst tot, ohne dass wir es mitbekommen haben.

„Bist du ok? Wollen wir ein bisschen rausgehen?", fragte Rolf mit seiner liebevollen fürsorglichen Art, wie ich sie von ihm kannte.

„Nein, es geht mir gut." Das war wohl nicht so ganz richtig, aber ich fühlte mich gut genug, um hier zu bleiben. Außerdem hatte ich Angst, dass ihr Körper weggebracht werden würde, sobald ich ihr auch nur den Rücken zudrehte. Schließlich wollten sie das schicke Einzelzimmer an den nächsten Patienten weiter vergeben.

„Immerhin hatte sie ein langes Leben, das sie genauso verbringen konnte, wie sie es sich gewünscht hat. Und du hast immer viel Kontakt zu ihr gehalten und dich gut mit ihr verstanden. Das ist doch das Wichtigste", versuchte Rolf mich aufzumuntern.

„Und trotzdem hätte sie sicherlich noch nicht sterben wollen", warf ich ein.

„Aber die Wahl hat niemand von uns. Wir können nur versuchen, unser Leben so lange wie möglich zu genießen. Und das hat deine Mutter getan."

Ich schwieg und ließ Rolfs Worte auf mich wirken. Er wusste einfach immer, was in so einer Situation zu sagen war.

„Aber trotzdem fühle ich mich schlecht, weil ich es nicht mehr rechtzeitig geschafft habe." Ich hätte sie so gerne noch verabschiedet und mit ihr ein Gespräch geführt, wie es in den Filmen immer gezeigt wird. Ich hätte ihr gesagt, dass ich sie liebe und vermissen werde und dass ich mich um ihre Katzen kümmern würde und sie sich keine Sorgen machen muss.

„Ich weiß", flüsterte Rolf. „Aber deine Mutter wusste das auch. Sie wusste, dass du alles versuchen wirst, um es zu schaffen, und dafür hat sie dich geliebt." Ich nickte und konnte endlich die Hand meiner Mutter loslassen. Ich war noch nicht bereit dafür, ohne meine Mutter weiterzuleben, aber wann war man das schon? Jetzt musste ich mich mit der Situation arrangieren.

„Ich möchte ihre Katzen zu uns nehmen", sagte ich laut. Sie hat ihre Katzen so sehr geliebt. Damit würde ich immer einen Teil von ihr bei mir haben.

Rolf nickte. Er verstand es, ohne, dass ich es ihm erklären musste.

Ich blieb am nächsten Tag nicht zu Hause, sondern ging ganz normal zur Arbeit. Ich war Bauzeichnerin in einem großen Architekturbüro und hatte irgendwie die Hoffnung gehabt, alle würden mich normal behandeln. Aber alle wussten was passiert war. Das löste natürlich eine riesige nicht enden wollende Mitleidswelle aus, die mich fast erdrückte.

„Willst du morgen mal bei mir vorbeikommen?", fragte Frauke, eine Kollegin von mir, die ich sogar fast schon als Freundin bezeichnen würde. Trotzdem hatten wir uns noch nie außerhalb der Arbeit getroffen. „Mir ist vor einigen Wochen das Gleiche passiert. Vielleicht hilft es, sich ein bisschen auszutauschen", schlug sie vor und ich war erleichtert darüber. Von ihr würde ich wenigstens nicht die ganze Zeit hören, wie leid es ihr doch tat.

„Klar", stimmte ich deshalb zu.

Sie steckte mir einen Zettel mit ihrer Adresse zu und verabschiedete sich. Ich verstaute den Zettel in meiner Tasche und machte mich auf den Weg zum Haus meiner Mutter. Gestern hatte ich es nicht mehr geschafft, aber heute musste ich dort auf jeden Fall vorbeischauen. Auch, wenn es mir davor graute, in das vertraute Haus zu gehen, in dem mich alles an meine Mutter erinnerte.

Schon als ich die Tür öffnete, sprangen mir zwei schwarze Katzen entgegen und kratzten an meiner Jeans. So schnell ich konnte, sammelte ich Kratzbäume, Futternäpfe, Schlafplätze, Futter und alles was ich sonst noch finden konnte, ein und verstaute es in meinem Auto. Schon der Geruch nach altem Holz und Büchern erinnerte mich an meine Mutter. Die ganzen Bilder, die an den Wänden hingen und von denen aus meine Mutter tausendfach in die Kamera strahlte, ignorierte ich. Ich war noch nicht dazu bereit, mir den ganzen alten Kram meiner Mutter anzu-gucken und in schönen Erinnerungen zu schwelgen. Es reichte mir schon, ständig an unserem alten, zerkratzten Esszimmertisch vorbeilaufen zu müssen, an dem meine Mutter, meine Schwester und ich immer zusammen gegessen haben, als meine Schwester und ich noch Kinder waren. An den ganzen Kratzern im Holz war meine Schwester schuld. Wenn sie Hunger hatte und das Essen noch nicht fertig war, kratzte sie immer im Holz herum.

Schließlich trieb ich alle fünf Katzen in ihre Transportboxen und nahm auch diese mit in mein Auto. Auf dem Weg nach Hause wurde ich von ständigem Miauen begleitet und ich begann mich zu fragen, ob es wirklich so eine gute Idee war, spontan fünf Katzen aufzunehmen.

Als wir zu Hause angekommen waren, schienen auch die Tiere sich zu fragen, ob ihnen ihr neues Zuhause gefiel. Ich versuchte es ihnen so gemütlich wie möglich zu machen und schleimte mich mit kleinen Leckereien ein.

Ich habe meiner Mutter schon vor langer Zeit versprochen, mich um ihre Katzen zu kümmern, wenn sie versterben würde. Aber ich hatte mir nie vorstellen können, dass es doch eine so große Lebensumstellung war. „Aber wir kriegen das schon hin", sagte ich zu den Katzen, die noch fleißig die neue Umgebung durchtapsten.

Der nächste Morgen war ein Samstag, doch ausschlafen konnte ich mit den Katzen trotzdem nicht. Ich versorgte sie mit Futter, erledigte ein wenig den Haushalt und machte mich auf den Weg zu Frauke. Wir hatten uns so gegen 13:00 Uhr verabredet, weil sie dann von ihrem Yoga-Kurs nach Hause kam. Ich war zehn Minuten früher dort, aber klingelte trotzdem. Vielleicht war ihr Mann zu Hause. Und tatsächlich öffnete er mir. Frauke hatte mir erzählt, dass er mit seinen 50 Jahren 10 Jahre jünger war als sie und er noch echt gut aussah für sein Alter.

Seinem Akzent der Begrüßung nach zu urteilen, war er Italiener – und für Italiener habe ich schon immer eine Schwäche gehabt. Ich lächelte ihn charmant an und stellte mich als Arbeitskollegin von Frauke vor. Der hübsche Italiener gab sich als Luca bekannt und bat mich ins Haus.

„Ich wusste gar nicht, dass Frauke so hübsche Kolleginnen hat", schmeichelte Luca und ich überlegte, ob er mit mir flirtete.

„Ist Frauke noch nicht vom Yoga zurück?", fragte ich nach.

„Nein, setz dich doch kurz, bis sie kommt", bot Luca an und führte mich aus dem kleinen Eingangsbereich ins Wohnzimmer, das nur von einem großen Kronleuchter beleuchtet wurde. Ich war beeindruckt, wie prachtvoll das ganze Zimmer eingerichtet war. Es erinnerte mich an ein Königshaus. Auf den mit lauter Schnörkeln verzierten Schränken und Kommoden standen überall vergoldete Statuen und teuer aussehende Bilder hingen an den Wänden. Ich setzte mich auf die große Couch in der Mitte des Zimmers und betrachtete den schönen Couchtisch aus Glas.

„Willst du was trinken?", fragte Luca und ich schüttelte den Kopf. Daraufhin ließ er sich neben mir fallen und grinste mich an.

„Ihr habt ja gar keinen Fernseher", stellte ich fest.

„Oh nein. Wir wollen keinen Fernseher haben. Das brauchen wir nicht. Es gibt so viele andere schöne Beschäftigungen", lächelte Luca.

Ich nickte, als würde ich das verstehen, doch eigentlich

verstand ich es nicht wirklich.

„Soll ich uns mal einen Wein köpfen?", schlug Luca vor.

„Nein, danke", antwortete ich schnell. Ich trank keinen Alkohol, seit ich bei der Alkoholsucht meiner Schwester hatte zusehen müssen. „Ich trinke nicht."

„Gut, gut", beteuerte Luca anerkennend. „Ist ja auch eine schreckliche Angewohnheit."

Ich nickte schweigend und fragte mich, warum ich mich so unwohl fühlte. Luca löste ein sehr ungutes Gefühl in mir aus. Vielleicht sollte ich lieber im Auto warten. Das lohnte sich aber wahrscheinlich kaum. Frauke würde bestimmt jeden Moment kommen. Ich sah auf die Uhr. In 5 Minuten wollte sie zuhause sein. Es sei denn, sie verspätete sich.

„Bist du neu im Büro meiner Frau? Oder warum haben wir uns noch nie gesehen?", versuchte Luca es nochmal mit Small Talk.

„Nein", antwortete ich und versuchte das ungute Gefühl abzuschütteln. „Ich arbeite schon seit zwei Jahren dort. Aber Frauke und ich haben uns bisher noch nie privat getroffen"

„Ah ja", Luca lächelte noch immer sein schelmisches Lächeln.

Und schon begann wieder ein peinliches Schweigen zwischen uns. Bis mein Handy es mit einem sehr aufdringlichen Piepen unterbrach. Ich warf einen Blick darauf und sah, dass ich eine SMS von Frauke bekommen hatte. Sie würde eine halbe Stunde später nach Hause kommen. Ruckartig sprang ich von der Couch auf. „Frauke kommt erst in einer halben Stunde", erklärte ich Luca, während ich zur Haustür ging. „Ich werde noch ein paar Besorgungen machen und dann wiederkommen"

Ich wollte gerade die Haustür aufmachen, als Luca mich am Arm packte und mich ruckartig umdrehte. „Nein", säuselte er. „Bleib doch noch."

„Ich hab' noch einiges zu tun, deshalb will ich die Zeit nutzen", versuchte ich mich rauszureden.

„Dann machen wir es schnell und du kannst sogar noch deine Besorgungen machen, bevor Frauke kommt." Er zerrte an meiner Hose. Ich blieb einen Moment wie erstarrt stehen und konnte es nicht fassen, dass er so direkt war. Dann ließ mich die Panik, die mich durchströmte, wieder aufleben und ich hielt meine Hose fest.

„Ich möchte jetzt gehen", sagte ich laut, in der Hoffnung, dass er einfach nur eine klare Ansage brauchte, um von mir abzulassen. Aber es half nicht. Jetzt hatte ich nur noch eine Möglichkeit. Mit voller Kraft stieß ich Luca von mir. Er hatte nicht damit gerechnet und wurde zurückgeworfen. Rückwärts stolperte er über den Teppich, fiel, und stieß mit seinem Kopf auf die Ecke der kleinen Kommode im Eingangsbereich. Dann landete er auf dem Boden und blieb liegen. Geschockt starrte ich ihn an und bewegte mich nicht. Blut floss aus der Wunde an seinem Kopf. Musste ich die Wunde verbinden? Oder war das sinnlos, weil er schon längst an dem Aufschlag auf die Kommode gestorben war? Aber ich konnte mich sowieso nicht bewegen. Hatte ich einen Mord begangen? Musste ich jetzt alle Spuren verwischen? Oder sollte ich einen Krankenwagen rufen? Würde dann auch die Polizei kommen und mich ins Gefängnis stecken? Alle diese Gedanken schwirrten durch meinen Kopf und ich hatte keine Ahnung, was ich tun sollte. Plötzlich öffnete sich die Haustür. Ich riss den Kopf herum, um zu sehen, wer reinkam. Frauke, ihre Nachbarin, die den Krach gehört hatte, oder vielleicht die Eltern mit denen Frauke und Luca heute möglicherweise verabredet waren? Es war jemand anderes. Jemand, von dem ich als letztes erwartet hätte, dass er durch diese Tür kommt. Rolf, mein Mann.

„Was ist passiert?", fragte er und blieb schockiert in der Tür stehen.

Warum bist du hier?, hätte ich ihn am liebsten gefragt, doch auf einmal schien diese Frage nebensächlich. Das Glück darüber, dass er hier war, überwog und ich wurde von meinen Tränen übermannt.

Ich stand noch immer neben der Hauseingangstür an die Wand gedrückt und weinte wie ein kleines Kind.

„Er wollte mich vergewaltigen", schluchzte ich.

„Ich hab' ihn weggestoßen und dann ist er auf die Kommode gefallen. Ich glaube er ist tot."

„Hey, alles ist gut", Rolf nahm mich in den Arm und strich mir beruhigend über den Rücken.

„Du hast nichts verbrochen. Wir rufen jetzt anonym den Krankenwagen an und dann verschwinden wir, damit deine Kollegin nicht erfährt, dass du es warst.

Das würde wahrscheinlich alles ziemlich kompliziert machen auf der Arbeit."

Ich nickte und Rolf löste sich von mir. Er drückte mir ein Handtuch in die Hand sowie das Haustelefon von Luca und Frauke. Ich fasste das Telefon nur mit dem Handtuch an, um keine Spuren zu hinterlassen. Wahrscheinlich war das nicht unbedingt nötig, da meine Spuren eh schon im Haus verteilt waren. Ich wählte die Notrufnummer und behauptete, ich hätte von draußen einen lauten Knall gehört, aber die Haustür wäre abgeschlossen gewesen und niemand würde auf meine Rufe reagieren. Dann legte ich auf. Ich atmete tief durch. „Und jetzt gehen wir?", fragte ich Rolf.

Er nickte. „Du zumindest." Ich fiel ihm in die Arme und genoss noch ein bisschen seine Gesellschaft. Dann verließ ich das Haus, setzte mich ins Auto und fuhr wie versteinert nach Hause.

Als ich zwei Tage später auf der Arbeit ankam, sprachen alle schon über Frauke. Ich konnte sie nirgendwo sehen. Wahrscheinlich hatte sie sich heute freigenommen.

„Wie ist es passiert?", hörte ich jemanden fragen, noch bevor ich das Büro betrat.

„Er ist vermutlich gestolpert und dann mit dem Kopf auf die Kommode gefallen", erzählte Angie, die Tratschtante, im Büro.

„Was ist passiert?", fragte ich scheinheilig und alle Augen richteten sich auf mich.

„Fraukes Mann ist gestorben", platzte es aus Angie heraus.

Ich versuchte ein entsetztes Gesicht aufzusetzen. Noch immer starrten mich alle an und das gab mir ein ungutes Gefühl. Ich wollte nicht im Mittelpunkt stehen. Nicht, nachdem was ich getan hatte. Ich hatte Angst, ich würde mich durch irgendeine unbedachte Tat verraten und alle wüssten auf einmal, dass ich es gewesen bin. Doch ich wurde ziemlich schnell wieder uninteressant, als Angie weitere Details über Lucas Tod erzählte. Erleichtert ließ ich mich auf meinen Arbeitsplatz fallen und versuchte das Gerede auszublenden, indem ich mich konzentriert arbeitete. Als ich Feierabend hatte, fuhr ich auf direktem Weg zu Frauke. Ich wusste nicht, ob mich mein Mitgefühl oder mein Schuldgefühl dazu drängte. Wahrscheinlich etwas von beidem. Außerdem war Frauke die einzige Person, die so etwas wie einer Freundin nahekam. Und irgendwie hatte ich Angst, dass das jetzt vorbei war. Dass sie es irgendwie wusste und nichts mehr mit mir zu tun haben wollte.

Als ich bei ihr angekommen war, öffnete sie verheult die Tür und bat mich herein. Sie brachte mich ins Esszimmer und setzte mich an einen großen Esstisch aus Mahagoni. Genau in diesem Moment klingelte das Telefon. Sie nahm den Anruf an und verschwand kurz in der Küche. Ich sah mich in dem Zimmer um. Es war ganz anders eingerichtet, als das Wohnzimmer, in dem ich erst gestern mit Luca gesessen hatte. Eigentlich konnte man kaum von Einrichtung sprechen, denn der große Esstisch war eigentlich das einzige Möbelstück, wenn man von den ganzen persönlichen Bildern von Frauke, Luca und ihren Kindern absah, die überall an den Wänden hingen. Rolf und ich hatten nie Kinder bekommen, weil ich das nicht konnte. Das hatte meine Frauenärztin damals festgestellt, als ich wegen dem Verdacht einer Schwangerschaft einen Test machen ließ. Ich hatte mir immer Kinder gewünscht, aber damals war ich erst 26 Jahre alt und Rolf und ich waren erst seit kurzer Zeit zusammen. Wir fühlten uns beide noch nicht bereit dafür und waren erleichtert, als die Frauenärztin uns mitteilte, dass ich nicht schwanger war. Doch diese Erleichterung fiel schnell ab, als ich erfuhr, dass ich niemals Kinder haben würde. Nach unserer Hochzeit sprachen Rolf und ich oft darüber, ein Kind zu adoptieren, aber letztendlich wollte ich es dann doch nicht. Ich wollte immer eigene Kinder haben und glaubte nicht, dass ich ein Kind lieben konnte, wenn es nicht mein eigenes war. Ob das im Nachhinein die richtige Entscheidung war? Wer konnte das schon sagen.

Nach ihrem Telefonat kam Frauke zurück ins Esszimmer und setzte sich zu mir an den Tisch.

„Tut mir leid. Es gibt viel zu organisieren", entschuldigte sie sich mit belegter Stimme.

„Ja klar. Ist doch kein Problem", versicherte ich ihr.

„Hat es sich auf der Arbeit schon herumgesprochen?", fragte sie.

Ich nickte.

„Tja, so lange es Angie gibt, gibt es dort wohl keine Geheimnisse", scherzte sie und ich lachte halbherzig. Mir war nicht wirklich nach Lachen zumute. Aber ich musste zugeben, dass ich erleichtert darüber war, dass Frauke normal mit mir redete. Ich hatte irgendwie wirklich erwartet, dass sie es wusste. Aber woher sollte sie es auch wissen? Die Polizei ging von einem Unfall aus. Es wurde nicht ermittelt. Demnach würde es niemals rauskommen. Mit dieser Erkenntnis fiel mir ein riesiger Stein vom Herzen.

„Du kannst dich wahrscheinlich auch ganz gut in mich hineinversetzen", setzte Frauke an und wartete dann auf meine Reaktion, bevor sie weitersprach. Ich nickte. „Ja, Rolf zu verlieren war das Schlimmste für mich", sagte ich wie motorisiert. Ich wollte mich nicht wirklich daran erinnern wie es war, als er an dem Herzinfarkt zusammenbrach und nie wiederkam. „Das ist jetzt ein halbes Jahr her oder?"

Ich nickte.

„Und, wird es besser?", fragte sie tatsächlich etwas hoffnungsvoll.

Ich schüttelte den Kopf. Ich sah an Fraukes Gesicht, dass das nicht die Antwort war, die sie erwartet hat, aber dass sie dennoch wusste, dass ich Recht hatte und ehrlich war.

„Es tut mir leid. Ich muss wieder los. Ich wollte nur kurz vorbeischauen", sagte ich dann. Ich konnte keine Sekunde länger bleiben. Ich fühlte mich plötzlich schrecklich und wollte nur noch nach Hause.

„Klar, danke, dass du hier warst." Frauke führte mich

zur Haustür und öffnete sie. Dann zog sie etwas aus ihrer Tasche und hielt es mir hin. Es war die Kette, die Rolf mir an unserem ersten Hochzeitstag geschenkt hatte. Automatisch griff ich mir an den Hals. Seit seinem Tod hatte ich sie nicht mehr abgenommen. Doch jetzt befand sie sich nicht dort. Ich musste sie gestern hier verloren haben, ohne es zu merken.

„Ist das deine?"

Ich nickte und griff danach.

„Ich wusste gar nicht, dass du gestern hier warst." Ihr Ton klang nicht vorwurfsvoll. Eher neugierig. Trotzdem wurde ich nervös. Ich hatte ihr gestern noch eine kurze SMS geschrieben, dass ich es nicht mehr zu ihr schaffen würde, als ich aus ihrem Haus geflüchtet war.

„Ja stimmt." Ich versuchte es beiläufig klingen zu lassen. Ich war kurz hier, bis ich deine Nachricht bekommen habe. Dann bin ich wieder gefahren, weil ich noch einiges zu erledigen hatte."

Frauke nickte, als würde sie verstehen.

„Gut. Na dann. Tschüss", verabschiedete ich mich schnell.

„Bis dann", sagte Frauke und schloss die Tür, als ich mich zum Gehen wandte. Ich lief hastig auf mein Auto zu und schloss mich darin ein. Dann betrachtete ich die Kette in meiner Hand. Das silberne Herz erinnerte mich so sehr an Rolf und all die schönen Zeiten. Ich hatte ihn seit seinem Tod nicht mehr gesehen. Bis meine Mutter starb. Er kam einfach durch die Tür, als wäre es das Normalste der Welt und hatte sich neben mich gesetzt. Es war, als hätte sich nichts verändert. Genau wie gestern, als er plötzlich nach Lucas Tod auftauchte. Auf einmal kam mir ein Gedanke. Da war die Verbindung. Es gab eine Verbindung zu ihm. Den Tod. Immer wenn ein Mensch starb, hatte ich eine kurze Verbindung zu Rolf. Vielleicht war er doch nicht weg. Nicht ganz.

Als ich am nächsten Tag auf der Arbeit saß, versuchte ich mich von dem Stimmengewirr abzuschotten. Es wurde immer noch viel getratscht über den Tod von Fraukes Mann. Sie selber war noch nicht wieder da. Aber sie hatte zurzeit wahrscheinlich auch genug zu tun. Ich wusste selbst, wie das war. Ich arbeitete lange und sehr konzentriert. Dadurch hatte ich kaum Zeit, um nachzudenken oder mich auf andere Sachen zu konzentrieren. Und das war auch das Ziel. Nach dem gestrigen Besuch bei Frauke war ich ziemlich durcheinander und die Gedanken hatten sich in meinem Kopf nur so überschlagen.
Es war schön, die Verwirrung aus meinem Kopf verdrängen zu können. Ich schaltete meinen Computer als Letzte aus. Alle anderen waren schon weg und das Büro wurde nur noch von meiner kleinen Schreibtischlampe beleuchtet. Bevor ich sie ausschaltete, fiel mein Blick kurz auf das umrahmte Foto auf meinem Schreibtisch. Rolf und ich waren darauf zu sehen. Eine fremde Frau hatte es vor zwei Jahren in unserem Urlaub in Italien geschossen. Dieser eine Blick auf das Foto reichte, um die ganze

Sehnsucht nach ihm wieder aufleben zu lassen. Und ich erinnerte mich an den letzten Gedanken, den ich gestern vor dem Einschlafen hatte. Ich musste jemanden ermorden, um Rolf wiederzusehen. Ich sah nur diese eine Möglichkeit. Und genau das war die Art von verwirrenden Gedanken, von denen ich mich heute hatte ablenken wollen. Aber ich habe schon vorher gewusst, dass ich sie dadurch nicht für immer loswerden konnte. Und da waren sie wieder. Eindringlicher und unerträglicher als gestern. Als würden sie mich dafür bestrafen wollen, dass ich sie so lange ausgeblendet habe. Ich nahm meine Tasche und eilte aus dem Büro. Ich lief schnell, als könnte ich den Gedanken entkommen, doch natürlich funktionierte es nicht. Ich hatte es schon einmal getan. Es würde keinen Unterschied machen, sagte der eine Gedanke. Aber das war nur Totschlag. Diesmal wäre es Mord, sagte der andere.

Wieso denke ich überhaupt über so etwas nach?, mischte sich ein dritter Gedanke ein.

Weil du mich liebst, hörte ich plötzlich Rolfs Stimme in meinem Kopf. „Ja, das tue ich", murmelte ich laut, während ich die schon dunkle Straße entlanglief.

Ich hatte versucht, ohne ihn zu leben, aber ich konnte es einfach nicht. Und dann tauchte plötzlich diese Chance auf, ihn wiederzusehen. Es wäre doch verrückt, sie nicht zu ergreifen. Oder war es genau das, was verrückt war? Vielleicht. Aber das war es doch schließlich, was die Liebe mit einem anstellte.

Ich würde es nicht tun. Wenn ich jemanden umbringen

würde, nur um Rolf zu sehen, würde ich jemand anderem genau den gleichen Schmerz zufügen, wie ich ihn empfand – und wie ich ihn Frauke zugefügt hatte. Und das konnte ich nicht tun. Damit schien die Diskussion in meinem Kopf beendet zu sein und ich lief weiter. Ich hatte zum Glück keinen weiten Weg von der Arbeit nach Hause. Doch als ich an der Brücke vorbeikam, unter der jener einsame Obdachlose schlief, dem ich dort jeden Tag begegnete, kamen neue Gedanken auf. Um ihn würde niemand trauern, sagte eine Stimme.

Vielleicht ja doch, behauptete eine andere. Wer denn? Seine Freunde, mit denen er am Tag unter der Brücke sitzt und den Alkohol trinkt und die Drogen nimmt, die er von dem Geld gekauft hat, das andere Leute ihm zustecken, in der Hoffnung, er würde sich davon etwas zu essen kaufen?, spottete die erste Stimme.

Ich beobachtete den schlafenden Obdachlosen. Nein, seine Freunde würden ihn sicher nicht vermissen. Zumindest nicht so wie ich Rolf vermisste. Vielleicht war das ein guter Tausch. Ich wandte meinen Blick von ihm ab, öffnete die Haustür und lief nach oben in meine Wohnung. Dort schloss ich mich ein und blieb wie angewurzelt vor der verschlossenen Tür stehen. Ich war unentschlossen und fühlte mich furchtbar. Irgendwann drehte ich mich um und ging durch die Wohnung. Ich hatte alle Bilder von Rolf von den Wänden genommen und weggestellt. Es hatte mich zu sehr geschmerzt, ihn zu sehen. Und doch erinnerte mich jeder Quadratmeter dieser Wohnung an ihn. Wir hatten sie uns zusammen gekauft, sie zusammen eingerichtet und jahrelang zusammen hier gewohnt. Es war komisch. Als es noch keinen Weg gab, ihn zurückzuholen, hatte ich mein Leben einigermaßen fortführen können. Doch seit ich einen Weg kannte, Rolf zu sehen, konnte ich an nichts anderes mehr denken. Ich hätte nie gedacht, wozu ein Mensch fähig sein konnte, wenn er einen geliebten Menschen zurückholen will. Kurzentschlossen lief ich in die Küche, nahm mir ein Messer und verließ wieder die Wohnung.

„Du bist unglaublich", murmelte Rolf in mein Ohr, während wir uns im Tanzen umschlungen. Ich lächelte glücklich. Es war das erste Mal seit Rolfs Tod, dass ich seine Anwesenheit wirklich genießen konnte.
„Ich glaube, du bist die einzige Frau auf der Welt, die verrückt genug ist, sowas für ihren Mann zu tun."
Ich kicherte ein wenig und verstummte daraufhin sofort. Kichern. Das hatte ich das letzte Mal vor Jahren getan. Mit Rolf an meiner Seite fühlte ich mich wieder wie ein verliebter Teenager. Wir tanzten in Gedanken zu der Musik, die damals auf unserer Hochzeit gespielt worden war. Ich konnte kaum glücklicher sein in diesem Moment.
„Wie war dein Arbeitstag?", flüsterte Rolf, als ich mich an seine Schulter lehnte.
Ich seufzte. „Anstrengend. Lass uns nicht darüber reden." Ich wollte diesen schönen Moment nicht damit versauen, indem ich mich an den heutigen

Tag zurück erinnerte. Ich legte meine Hand auf seine Schulter und hinterließ dort eine Blutspur. Aber darum kümmerte ich mich jetzt nicht. Solange Rolf noch hier war, wollte ich seine Anwesenheit genießen. Danach konnte ich immer noch putzen.

„Wie geht's deiner Freundin?", fragte Rolf, um das Thema zu wechseln.

„Nicht besonders. Es tut mir so leid, was ich ihr angetan hab", sagte ich mit schmerzverzerrtem Gesicht.

„Hey", Rolf strich mir mit seiner Hand die Haare hinter mein Ohr. „Du hast es nicht mit Absicht gemacht. Hätte er nicht versucht dich zu vergewaltigen, wäre das niemals passiert."

Ich nickte. Klar, damit hatte er Recht. Aber dennoch tat es mir für Frauke leid. Schließlich wusste ich genau, welchen Schmerz sie ertragen musste.

„Erinnerst du dich an unseren letzten Hochzeitstag?", fragte ich Rolf.

Er lächelte und nickte. Damals waren wir schick Essen gegangen und anschließend haben wir genau zu demselben Lied getanzt, wie jetzt gerade.

„Ich hätte nicht gedacht, dass wir das nochmal erleben könnten", sagte ich träumerisch.

„Ich auch nicht."

Plötzlich trat ich mit meinen nackten Füßen in eine Pfütze. Eine Blutpfütze.

„Du solltest langsam sauber machen", stellte Rolf fest.

„Gleich", sagte ich und legte meinen Kopf wieder

auf seiner Schulter ab.

„Nein, aus", rief ich, als ich sah, dass meine Katze Minky einen Finger der Leiche anknabbern wollte. Ich hatte ihr einen Arm absägen müssen, damit sie in die Kühltruhe passte. Das war sogar noch schlimmer, als der eigentliche Mord. Den Arm hatte ich vorübergehend in meinem Waschbecken gelagert und Minky fand ihn wohl interessant. Doch ich verjagte sie, um den Arm zum Rest des Mannes zu legen.

Als ich gerade alle Leichenteile in der großen Kühltruhe verstaut und meinen Fußboden von dem Blut gereinigt hatte, klingelte es plötzlich an der Tür. Ohne groß nachzudenken, öffnete ich sie einen Spalt breit.

„Hey, wie geht´s?" Frauke stand vor der Tür. Ihr freundliches Lächeln veränderte sich zu einem verwirrten und leicht angeekelten Gesichtsausdruck.

„Was ist denn bei dir in der Wohnung los?", fragte sie, ohne mir Zeit für eine Antwort zu lassen.

„Ach", winkte ich ab. „Ich hatte Schimmel und bin am Putzen."

„Hast du die Hausverwaltung informiert? Schimmel kann man nicht einfach wegputzen."

„Ja, die Hausverwaltung ist informiert", antwortete ich und hoffte, sie würde das Thema damit fallen lassen.

Frauke musterte mich und schwieg für eine Weile.

„Ich wollte dich eigentlich nur mal spontan besuchen", sagte sie schließlich.

„Oh, das ist nett von dir, aber es ist gerade wirklich

schlecht. Aber ich melde mich bei dir", versuchte ich sie möglichst freundlich loszuwerden.

Frauke musterte mich wieder, bis sie schließlich „Ok", murmelte und verschwand.

Ich schloss erleichtert die Tür und wollte gerade meinen Putzeimer verstauen, als mir auffiel, dass an meinen Händen und an meinem T-Shirt noch Blut klebte. Erschrocken ließ ich den Eimer wieder fallen. Etwas Wasser schwappte über und verteilte sich auf dem Boden, doch das war erst mal Nebensache. Hastig zog ich mir das T-Shirt über den Kopf und schmiss es in die Waschmaschine. Dann wusch ich meine Hände bis sie schrumpelig waren. Ich ließ mein T-Shirt durch drei Waschgänge laufen, bis ich mich dann doch dazu entschloss, es wegzuwerfen. Ich zitterte am ganzen Körper, als ich mich schließlich in meinen Sessel fallen ließ und sich Minky, der jüngste Kater, auf meinem Schoß zusammenrollte. Was hatte Frauke gesehen und welche Schlüsse hatte sie daraus gezogen? Das war der einzige Gedanke, der noch in meinem Kopf spukte. Erst jetzt, als ich fast dabei erwischt wurde, jemanden umgebracht zu haben, schien mir aufzufallen, was für Konsequenzen meine Taten haben könnten. Ich war so ruhig und entspannt gewesen, als Rolf bei mir war. Doch diese entspannte Haltung hatte er mit sich genommen, als er gegangen war. Und es gab für mich nur eine Möglichkeit, ihn wiederzusehen.

Ich hoffte wirklich, dass Frauke sich am nächsten Tag

auf der Arbeit blicken ließ. Aber das tat sie nicht. Die Beerdigung von Luca hat noch nicht stattgefunden. Wahrscheinlich würde sie erst danach wieder arbeiten kommen. Sollte ich heute bei ihr vorbeifahren?

Ich wollte nicht, dass sie auf falsche Gedanken über unsere Begegnung kam. Dachte sie, dass ich jemanden umgebracht hatte? Vielleicht dachte sie auch, ich hätte mich verletzt und es wäre mein eigenes Blut gewesen. Aber für eine harmlose Verletzung war es wahrscheinlich zu viel Blut gewesen. Ich stürzte mich auf die Arbeit und blendete Frauke aus meinen Gedanken aus. Das hatte gestern schon funktioniert und das tat es auch heute – bis ich kurz vor Feierabend ins Büro des Chefs gerufen wurde. Ich dachte, er hätte noch Anweisungen für die letzten Pläne, die ich ihm vorgelegt hatte. Aber es ging um etwas anderes.

„Wir haben einen großen Auftrag verloren und müssen Budget einsparen", begann der neue Chef seine Rede, bei der ich schon von Anfang an wusste, worauf sie hinauslaufen würde. Er war noch jünger als ich. Vielleicht Ende Dreißig und ein sehr ernster und sachlicher Mensch. Ich konnte mich nicht daran erinnern, ihn in den sechs Monaten, die ich ihn kannte, auch nur einmal lachen gesehen zu haben. Ich fühlte mich nie wohl in seinem Büro. Doch gerade jetzt fühlte ich mich noch unwohler. „Sie arbeiten noch nicht so lange bei uns und deshalb sind Sie leider eine der ersten, die uns vorerst verlassen müssen. Aber eine Zusammenarbeit auf selbstständiger Basis, wenn die Auftragslage sich verbessert, schließen wir nicht aus."

Das zog mir den Boden unter den Füßen weg. Ich fühlte mich wie an dem Tag, als meine Mutter starb. Ich hatte meine Arbeit noch nie besonders geliebt und ich hing auch nicht so sehr an dieser Firma. So lange war ich schließlich auch noch nicht dort. Aber mein Leben lief gerade nicht besonders rund und ich hatte ein paar schlimme Sachen getan, über die ich gar nicht weiter nachdenken wollte. Die Arbeit war das Einzige, was mich von dem ganzen Durcheinander ablenkte und meinem Leben Sinn verlieh. Und als ich darüber nachdachte, dass ich meine Tage zukünftig alleine auf der Couch verbringen würde, stellte ich mir plötzlich die Frage, welchen Sinn alles eigentlich noch hatte. Und darauf fiel mir keine Antwort ein.

„Aber ich arbeite wirklich sehr engagiert", stammelte ich. „Und ich arbeite gerne hier." Ich sah ihm nicht direkt in die Augen, sondern betrachtete einzelne Gegenstände auf seinem Schreibtisch. Sein Blick schüchterte mich ein und dann brachte ich kein Wort raus, deshalb vermied ich den direkten Blickkontakt.

„Das freut uns natürlich zu hören. Und wie gesagt, eine zukünftige Zusammenarbeit ist absolut nicht ausgeschlossen. Aber zurzeit können wir es uns nicht leisten, Ihr regelmäßiges Gehalt zu zahlen."

„Und wer soll meine Arbeit erledigen?"

„Das lassen sie ruhig unsere Sorge sein." Es zeigte sich tatsächlich ein kleines Lächeln auf seinem Gesicht, doch es wirkte ganz und gar nicht freundlich.

Ich nickte resignierend. Mein Chef überreichte mir noch eine formelle Kündigung. Bis zum Ende des nächsten Monats war ich hiermit offiziell entlassen. Ohne mich zu verabschieden stand ich auf und verließ das Büro. Ich setzte mich wieder an meinen Schreibtisch und versuchte mich in meine Arbeit zu vertiefen, um mich abzulenken. Doch das funktionierte diesmal nicht.

„Ich brauchte einfach jemanden zum Reden", murmelte ich an Rolfs Schulter. „Und ich hab' niemanden mehr zum Reden, außer dir. Ich traue mich nicht mehr zu Frauke. Ich glaube, sie ahnt etwas. Ich frage mich, ob sie vielleicht sogar zur Polizei gegangen ist und sie jeden Moment hier auftaucht." „Das glaube ich nicht. Sie hat doch gar keinen ausreichenden Verdacht dafür", beruhigte Rolf mich. Ich nickte an seiner Schulter.

„Ich fühle mich auf einmal so verloren. Die ganze Zeit über habe ich überhaupt nicht realisiert, dass ich eigentlich nichts mehr habe, wofür es sich zu leben lohnt", jammerte ich schließlich los.

Rolf strich mir sanft über die Haare. „Es gibt immer etwas wofür es sich zu leben lohnt. Du musst es nur finden."

„Du warst jemand, für den es sich zu leben lohnt. Aber jetzt wäre ich dir wahrscheinlich näher, wenn ich nicht mehr leben würde", murmelte ich vor mich hin.

Rolf erwiderte nichts und strich mir weiter über die Haare. Keine Antwort ist auch eine Antwort, dachte ich. Er wollte mir nicht sagen, dass ich recht hatte. Es fühlte sich an, als wäre ich ihm nahe. Doch in Wirklichkeit war ich das nicht. Ich betrachtete das Blut, welches sich auf meinem Fußboden ausbreitete und fragte mich, ob es bald mein Blut sein würde.

„Werden wir uns dort wiedersehen?", fragte ich Rolf. „Ich warte auf dich", flüsterte er in meine Haare und eine Träne lief mir über die Wange.

Als ich am nächsten Tag von der Arbeit nach Hause kam, fiel mir sofort auf, dass das Schloss aufgebrochen war. Die Tür stand einen Spaltbreit offen und ich zögerte. Die Polizei wollte ich nicht holen. Ich hatte schließlich immer noch Leichenteile in meiner Kühltruhe liegen.

Vorsichtig stieß ich die Tür weiter auf und spähte hinein. Im Flur konnte ich niemanden entdecken. Ich schlich auf die Küchentür zu. Ich atmete tief durch und bereitete mich auf einen Angriff vor. Einen kurzen Blick um die Ecke erlaubte ich mir, bevor ich meinen Kopf schnell wieder zurückzog. Erst dann verarbeitete ich das Bild, das meine Augen gerade aufgenommen hatten. Die offene Kühltruhe, blut-beschmierte Klamotten auf dem Boden und Frauke, die mich mit verheulten Augen ansah. Sie war bei mir eingebrochen und hatte meine Wohnung durchsucht. Und sie war fündig geworden. Mein Herz pochte. Für einen Moment fühlte ich mich wie betäubt. Ich hatte nie wirklich gedacht, jemals in dieser Situation zu sein. Ich atmete noch ein paar Mal tief durch, bevor ich mich der Konfrontation stellte. Ich trat ein paar Schritte nach vorne, bis ich in der offenen Küchentür stand und schwieg. Was sollte ich sagen? Mir fiel nichts ein, was angemessen gewesen wäre. Frauke saß auf dem Boden neben meinen blutigen Klamotten und sah mich mit rot unterlaufenen Augen an.

Eine Weile schwiegen wir uns an. Würde sie die Polizei holen? Hatte sie das schon längst getan? Würde sie mich gleich anschreien? Die Stille gefiel mir eigentlich ganz gut, denn ich hatte Angst davor, was danach kommen würde.

Doch dann brach Frauke das Schweigen. „Was ist das?", fragte sie mit erstickter Stimme.

Ich dachte über eine Antwort nach. Das sind ein Penner und das Arschloch, das über mir gewohnt und regelmäßig seine Frau betrogen hat, dachte ich. Doch ich glaubte nicht, dass das die Antwort auf ihre Frage war. Wahrscheinlich wollte sie hören, dass alles nur ein Missverständnis sei.

„Bist du eine Psychopathin, oder was?", schrie sie mich plötzlich an.

Das traf mich. Psychopathin. Traf das auf mich zu? Ich verdrängte diese Frage schnell wieder aus meinen Gedanken.

Frauke schien es nicht wirklich durcheinander zu bringen, dass ich ihr nicht antwortete. Wahrscheinlich nahm sie mein Schweigen als Eingeständnis.

„Hast du auch Luca umgebracht?", fragte sie dann und ich spürte ihren Blick auf meiner Kette. Die Kette, die ich bei ihr im Haus verloren hatte, an dem Tag, als ich ihren Mann tötete. Automatisch griff meine Hand nach dem Anhänger, als bräuchte ich etwas, woran ich mich festhalten konnte, bevor ich antwortete.

„Ich hab' ihn nur weggestoßen", murmelte ich dann. Frauke biss sich auf die Unterlippe und machte ein Gesicht, als ärgerte sie sich darüber, dass sie die ganze Zeit etwas übersehen hatte, was auf der Hand lag.

„Er wollte mich vergewaltigen", erklärte ich mich weiter. „Ich hab' ihn weggestoßen und er ist gestolpert und mit dem Kopf gegen die Kante der Kommode geknallt."

Frauke sah auf den Boden und schüttelte leicht den Kopf. Ich schwieg und ließ sie das gerade Gehörte verarbeiten. Irgendwann sah sie mich wieder an, aber schwieg noch immer.

„Ich wollte es nicht", versuchte ich mich zu entschuldigen.

Frauke stand auf und kam auf mich zu. Ich wusste nicht genau, was sie von mir wollte. Für einen Moment dachte ich, sie wollte mich umarmen.

Für eine Sekunde spielte sich in meinem Kopf eine Szene ab, wie sie mir verzieh, wir wieder Freundinnen würden, sogar besser als je zuvor. Doch dann zuckte ihr rechter Arm nach vorne und ich konnte ein metallisches Blitzen erkennen, kurz bevor sie mir das Messer in den Rücken stieß. Mein Blut tropfte langsam auf den Fußboden. Ich konnte vor Schmerzen kaum einen klaren Gedanken fassen. Mit war in diesem Moment nur noch eine Sache wichtig.

„Bitte kümmere dich um meine Katzen", stöhnte ich mit letzter Kraft.

„Behalte sie in guter Erinnerung. Sie werden die einzigen sein, die dich vermissen", zischte sie. Ich wusste, dass sie recht hatte, aber es kümmerte mich nicht mehr. Ich hatte nur noch einen Gedanken im Kopf. Rolf.

Danksagung

Zu aller Erst möchte ich mich natürlich bei Ihnen bedanken. Dafür, dass Sie mein Buch aus den vielen täglichen Neuerscheinungen heraus gepickt haben.

Weiterhin danke ich meinem Freund Ramon Gatterfeld und meinem Bruder Janik Trompell für die Unterstützung, die Anregungen und die Korrekturlesungen.

Außerdem danke ich Ramon für den Titel, der nicht auf mein Konto geht.

Über den Autor

Damaris Trompell wurde 1994 in Berlin geboren, was auch ihr derzeitiger Heimatort ist. Nach ihrer Ausbildung zur Bauzeichnerin arbeitet sie in diesem Beruf und schreibt in ihrer Freizeit.

Mit diesen Kurzgeschichten gibt sie ihr Thriller-Debüt. Mehr über die Autorin sowie ihren Lifestyle Blog findet ihr unter: damaristrompell.com.

Ihr findet sie auch auf Instagram und Facebook.

damaristrompell.com